AF611170

LA ROYALE THEMIS.

QVI CONTIENT LES EFFECTS DE LA IVSTICE DIVINE, HVMAINE, ET MORALE: L'ESTABLISSEMENT DE LA Cour de Parlement à Metz; & les Acroſtichs ſur les Noms de Noſſeigneurs de ladite Cour.

Par Eſprit Gobineau, Sieur de MONT-LVISANT, *Chartrain.*

Iuſtitia de cœlo proſpexit : etenim Dominus dabit benignitatem, & terra noſtra dabit fructum ſuum. PSAL. 84.

A METZ,
Par CLAVDE FELIX, Imprimeur Iuré de ladite Ville.

M. DC. XXXIIII.

AVEC APPROBATION, ET PERMISSION.

A NOSSEIGNEVRS DE LA COVR DE PARLEMENT.

NOSSEIGNEVRS,

L'INSIGNE Pieté de noſtre Iuſte Roy LOVIS Treziesme, à tellement obligé le Monarque de l'Vniuers, qu'il l'à comblé ſi parfaictement de ſes Graces, & doüé d'vne telle viuacité d'Eſprit, de grandeur de Courage, de force & bonne diſpoſition en ſes Trauaux ; de Prudence, & Sageſſe en la conduite de ſes Affaires,& de Conſtance en ſes braues Reſolutions : Qu'il s'eſt rendu l'execution de ſes admirables Deſſeins auſſi fa-

facile que les Entreprises en ont esté genereuses & hardies, & les Issuës triomphantes & glorieuses: De sorte que la Renommée de ses Actions heroïques, s'est non seulement estenduë par tous les coins de la Terre, mais elle à glorieusement penetré le celeste se-jour ou ces mesmes Actions ont pris leur origine. Ie laisse aux Esprits belliqueux, le contentement qu'ils reçeuront au recit des exploicts guerriers de sa Majesté, & des Victoires signalées qu'elle à obtenuës sur la Terre & sur la Mer, contre les plus puissants Potentats de l'Vniuers, vnis ensemble pour empescher (s'ils eussent peu) le Triomphe de sa Gloire: Pour dire seulement que sa Majesté ayant tous-jours eu en tres-grande recommandation le repos & tranquilité de ses Peuples, à passionnement souhaitté, & souhaite, d'vnir parfaictement les Lauriers militaires auec les Palmes pacifiques: Sçachant tres-bien que la force des Armes proffite peu au dehors, si le dedans n'est muny & fortifié de bon Conseil; si la Iustice n'est egalement & equitablement renduë à tous; & si les Loix bien digerées & establies pour la paix & repos des Sujects, & manutention de l'Estat, ne sont inuiolablement obseruées par le ministere, soin, & vigilance des sages & prudents Magistrasts. C'EST POVRQVOY, apres que ce grand Monarque à chassé les Anglois; subjugué les Rochelois, & les rebelles de la France; faict trembler l'Italie; Mis en possession le Duc de Neuers du Duché de Mantoüe; Humilié le superbe

Eſpagnol; Abbaiſſé le vol de l'Aigle Imperial, & apris aux Ducs de Sauoye, & de Loraine, que c'eſt vne trop grande preſomption que d'oſer attaquer les Fleurs de Lys: Pignerol, & Nancy, en rendent bon teſmoignage. Apres diſ-je que ce grand ROY à acquis tant de Trophées, le tout neantmoins auec Iuſtice, qu'il cheriſt ſi religieuſement qu'il en à dignement acquis le nom de IVSTE; Il luy à pleu de Créer & faire eſtablir ceſte Cour de Parlement en ſa Cité de Metz, ſoubs le Reſſort delaquelle ſont les Villes, & Eueſchez dudit Metz, Toul, & Verdun, auec quantité d'autres Villes, Terres, & Seigneuries: Tant pour imiter ſes predeceſſeurs les Roys PHILIPES LE BEL, CHARLES ſeptieſme, LOVYS onzieſme, LOVYS douzieſme, & FRANÇOIS premier, qui ont eſtably les huict Parlements de France; Que pour juger ce neufvieſme Senat eſtre tres-important & tres-neceſſaire pour le bien de l'Eſtat, & repos de ſes Peuples, qu'il veut eſtre eſclairez des diuins rayons du Soleil de Iuſtice, de ceſt Inſtrument parfaict de la Diuinité, de ceſte Souueraine Tutrice des mortelz, & de ceſte Meſnagere de la ſeureté des Royaumes. Pour donc executer ſon pieux & Royal Deſſein, Il à de ſon propre mouuement (parmy la fumée des Canons, & le bruict des Trompettes,) faict eſlection de vous, NOSSEIGNEVRS, cognoiſſant que vous eſtes Perſonnages doüez de Probité, de bons aduis, Doctrine, Intelligence, de Candeur, & d'Equité; Et que ſur toutes choses vous ne manquerez à ce qui importe le plus à son Estat, qui est l'honneur de DIEV, & la Paix de ses subjects. C'EST à vous, NOSSEIGNEVRS, à qui sa Majesté (comme aux Dieux Tutelaires de ces Pays) à laissé la Direction de ceste Nouuelle THEMIS, & la conduicte de cest insigne Parlement, dans le Throsne duquel, comme sur vn des plus beaux Theatres du Monde, vous commencez à estaler & faire esclater vos Vertus admirables, auec tant de merueilles, & vn si bon progrés, que l'on espere apres vne si belle Aurore de voir bien tost vn beau Soleil: C'est ce qui res jouist grandement les gens de bien, & tous ceux qui ont la Vertu pour object. Or estant du nombre de ceux qui ont reçeu de la consolation en l'heureux Establissement de ceste Cour Souueraine: poussé du Zele, & de la Fidelité, que i'ay voüez au Temple de vos Merites, I'ay pris la hardiesse de mettre la main à la plume pour tracer ce petit Poëme DE LA ROYALE THEMIS, qui contient les principaux effects de la Iustice Diuine, (source de tous les effects Iudiciaires,) & en suite de cela, ceux de la Iustice Humaine, & Morale. Ie sçay qu'il faudroit vn stile bien plus solide & energique que le mien, pour d'escrire vn subject si releué: Mais y ayant employé de bon cœur le talent qu'il à pleu à DIEV me departir, I'espere, NOSSEIGNEVRS, que vous ne m'accuserez nullement de temerité; au contraire, que vos benignitez excuseront la sterilité de mon Esprit,

& approuueront mon Dessein. SVR ceste confiance, plein de respect & d'humilité, i'ose vous Dedier & presenter ce mesme Poëme, auec les Acrostichs qui y sont joincts; & vous supplie tres-humblement aggréer qu'ils voyent le iour souz vostre Auspice. Si i'ay le bon-heur d'apperçeuoir que ce petit Eschantillon de ma Fidelité, vous soit aggreable, I'employeray tous les iours de ma vie à la recherche des moyens les plus releuez, Affin de pouuoir meriter l'honneur d'estre estimé

NOSSEIGNEVRS,

Vostre tres-humble & tres-obeissant Seruiteur, MONT-LVISANT.

APPROBATION

NOvs certiffions auoir leu ces Vers Intitulez LA ROYALE THEMIS, Composez par Esprit Gobineau, Sieur de MONT-LVISANT, Dans lesquels il n'y à rien contre la Foy, n'y les bonnes mœurs. DONNE' à Metz, le premier iour d'Auril 1634.

M. MEVRISSE, Euesque de Madaure.

LA ROYALE THEMIS.

Parmy les Attributs de l'Eternelle Essence
Paroist le bel esclat de sa Toute-puissance,
Sa Sagesse, Bonté, sa Clemence, & Douceur,
Et de ses Iugements la tres-juste Rigueur:
De leurs Effects diuins nostre Nature humaine
Ressent incessamment la grandeur Souueraine,
Le mortel le cognoist en sa Création,
En sa vie, soustien, maintien, Redemption:
Mais sachant qu'on ne peult dedans vne Elegie
Dire les haults Secrets de ceste Theologie,
Et que tous les Esprits employant leurs Vertús
Ne sçauroient exprimer ces diuins Attribús,

J'oseray seulement soubs le celeste Auspice
Declarer en ces Vers l'effect de la Iustice.

Tout au commencement le Moteur Eternel
Créa des Citoyens pour habiter le Ciel ;
Jl doüa Lucifer de Beauté admirable,
Entre tous les Esprits il n'auoit son semblable ;
Il estoit le Signacle, & Figure de DIEV
R*emply de Sapience, & qui du tres-hault Lieu*
Sauoura les douceurs : estant de tel merite
Ezech. 28. Omnes Patres. *Il se voyoit orné, de Jaspe, Chrysolite,*
De Sardoine, Saphir, de Berille, d'Onis,
D'Hyacinthe, de Topasse, E*smeraude, &* R*ubis :*
I*l fut le Cherubin des Montagnes sacrées*
Cheminant au milieu des Pierres enflamées :
Bref il fut plus parfaict que ne fut Daniel
D'autant qu'il recognût tous les Secrets du Ciel.

C*est Ange se voyant si remply d'excellence*
Commença de s'enfler, d'orgueil, & d'arrogance ;
Tout plein de vanité il esleua son cœur
Et s'osa comparer à DIEV *son Créateur :*
C'*est pourquoy le grand* DIEV *dist à ce temeraire*
A ce superbe ingrat, tú as voulu forfaire
Contre moy, ton Seigneur ; Ie t'ay creé parfaict,
Mais ne correspondant à mon diuin bien-faict,
I*e feray dessus toy paroistre ma Iustice*
Et te verras punir d'vn eternel Supplice.

Ce Procez criminel ne fut plustost jugé
Qu'à l'instant Lucifer fut dans l'Enfer plongé,
Jamais les Elements, n'y les Poles du monde,
Ne peurent empescher ceste cheute profonde:
Voila donc en effect la premiere Action
Dont la Diuinité fist la punition.

DIEV voyant que le tiers de son Pallais auguste
Estoit des-habité, pour l'attentat injuste
Des Anges peruertis; il voulut repeupler
Ces Sieges ou l'on à l'heur de le contempler.

Il fist doncques de rien par sa Toute-puissance
L'Homme, auquel il donna son Image & Semblance; Gen. 2.
Le choisit pour Monarque & luy donna pouuoir
Sur tout ce que l'on void soubs les Cieux se mouuoir;
Le mist dans le Verger en tous biens fructifere,
Luy donna pour compagne Eue nostre grand Mere;
Et leur ayant enjoinct de ne manger des fruicts
De l'Arbre de Science, ils viuoient sans ennuis:
Ils cognoissoient, heureux, le bien par jouissance
Et cognoissoient le mal sans nulle experience:
Leurs ames & leurs corps auoient diuersement
Commerce auecques DIEV: car tres-asseurement
L'on conçoit que l'Esprit qui par la Foy s'espure
Tient entre l'Homme & DIEV une tierce Nature.

Le Prince de l'Enfer enuieux tout à faict
Du bien dont nos Ayeulx jouyssoient à souhait,

Gen. 3. *Attaque noſtre Mere, en forme ſerpentine,*
Luy demande, malin, la cauſe & l'origine
De ce Commandement qui leur veult empeſcher
De ne gouſter d'vn Fruict, ny meſme le toucher:
Eue luy reſpondit que DIEV *tout-bon & ſage*
Sur peine de la mort en deffendoit l'vſage:
Le Serpent entendant les Maternels propos
Cautelleux ſuit ſa poincte, & n'a point de repos,
La preſſe & faict en fin qu'imprudente elle touche
De ce Fruict deffendu & le porte en ſa bouche:
En ayant ſauouré, elle d'vn pas leger
En porte à ſon Mary, l'oblige d'en manger,
De ſorte qu'en tombant elle le precipite
Dans l'abiſme fangeux du dangereux Cocyte:
Ils n'eurent pas pluſtoſt englouty ce morceau
Qu'ils cogneurent en eux vn changement nouueau;
Se virent tout à nud, & dedans ces merueilles
Se couurirent les corps de verdoyantes feilles.
Le *Seigneur courroucé d'vne telle action*
Preſſe *Adam au ſuject de ſa tranſgreſſion;*
Luy demande pourquoy contre ſon Ordonnance
Il à voulu gouſter de l'arbre de Science:
Adam tout eſtonné voudroit bien s'excuſer,
Son peché le contraint auſſi toſt d'accuſer
Eue *ſa chere eſpouze: Eue lors on appelle*
Sur ce faict, qui reſpond que c'eſt par la cautelle

Du Serpent qu'elle auoit commis vn tel for-faict
Et que sans son Conseil elle ne l'auroit faict.
Le Monarque Eternel qui par sa prescience
Sçait les tours & destours de toute conscience,
Fasché contre tous trois prononça justement
Ce terrible Decret dans son sainct Parlement:
Malicieux Serpent qui as seruy d'espée
Dont le credule Adam à la gorge coupée,
Ie veux pour ce for-faict, source de tous les maux,
Que tú sois excecrable entre tous Animaux;
I'ordonne qu'en rampant tú mangeras la Terre,
Et que la femme & toy serez tousiours en guerre:
Que sa semence brise & écrase ton chef
A raison que tu és l'Autheur de son meschef.
Puis se tournant vers Eue, il luy dist, Infidelle,
Qui est à ton Mary, à toy mesme, crûelle,
Ne croy pas que tes Filz naissent si aisement
Que tù cause leur mort; car chasque Enfantement
Te fera ressentir des douleurs & des peines
Si grandes qu'on dira que ce seront des geines:
De plus, dessous le ioug du Mary tù seras
Et dessous son pouuoir humble tù flechiras.
Quand à toy desloyal, dist-il à nostre Pere,
Qui as contribüé à ta propre misere
Plustost que d'obseruer l'Edit de ton Seigneur,
Ie veux d'oresnauant qu'en trauail & süeur

Tu nourrisse ton corps ; car la terre, feconde
Auparauant l'effect de ton offence immonde,
Herissera son dos, d'espines, & chardons ;
Bref tù n'auras repos en tes afflictions
Iusqu'à ce que ton corps, ou ton ame s'ensserre,
Ne soit reduict en poudre, & conuerty en terre.
Si tost que cest Arrest du Iuge souuerain
Eut esté prononcé, tout boüillant de desdain
Il bannit nos Parents à cause de leurs vices
Du beau jardin d'Eden le sejour des delices ;
Leur en ferma la porte, & fist, ô cher Lecteur,
Paroistre en ce suject sa tres-juste Rigueur.
Apres que nos Ayeulx eurent faict leur sortie
Du Paradis terrestre, aggréable Patrie :
Le repentir au cœur, les larmes dans les yeux,
La honte sur le front, & l'esprit soucieux,
Ils se mirent tous deux à cultiuer la terre
Pour appaiser la faim qui leur faisoit la guerre :
Employerent l'adresse & leur dexterité
Pour le soulagement de leur necessité ;
Car DIEV *qui auoit faict Adam plein de science*
Luy permist au besoin d'en faire experience,
Les broüillas du peché n'eurent pas le pouuoir
D'obscurcir tout à faict son excellent sçauoir.
Cependant il cognût Eue qui tres-feconde
Luy donna des enfans pour posseder le monde,

Caïn fut le Dauphin, dont le soin mesnager Gen. 4.
Le rendit laboureur; Abel se fist berger:
Le Premier, indeuot, donna de sa jauelle
Le gain au Tout-puissant: le Second plein de zele
Apres auoir choisy de son bercail l'honneur
L'offrit en sacrifice, & de voix, & de cœur:
L'offrande du Second fut au Ciel esleuée,
Et celle du Premier ne fut point approuuée;
Caïn pour ce suject tüa son frere Abel,
Mais DIEV le chastya de ce crime mortel:
Parmy ce chastiment il ne laissa pas d'estre
Le geniteur d'Henoch, lequel puis le fist estre
Ayeul & bis-ayeul. Adam d'autre costé
Engendra Seth qui fut remply de pieté:
Seth engendra Enos, & d'autres fils & fille;
Enos eut Caïnan; de Caïnan fertile
Vint Maléel; cestuy eut Iared, puis de là Gen. 5.
Sortit le bon Henoch, de luy, Mathusala.
Ainsi le Peuple creut auec telle abondance
Que l'auoit ordonné la celeste Puissance,
Le nombre en fut bien grand mais plus grands les pechez
Dont les plus opulents se voyoient entachez;
Car les Filz du Seigneur en regardant les belles
Commettoient sans cesser des offences mortelles;
Oultre que le forfaict qu'Adam fist contre DIEV
Passoit du Pere, au Filz, & du Filz, au Nepueu,

Non par Coustume, Loy, ignorance, ou doctrine,
Mais comme vne Eau qui court loin de son origine:
Gen. 6. Si bien qu'on recognoist dans le sainct Escriuain
Que DIEV se repentit d'auoir creé l'Humain:
Il fut si animé qu'il voulut, juste Iuge,
Enuoyer icy bas l'vniuersel Deluge:
Gen. 7. Les Eaux du Firmament, & celles de Neptun
Innonderent la terre, en sorte que chacun
(Horsmis le bon Noé & ceux la de sa suite)
Fut englouty des flots selon son demerite.
Apres ces grands Effects du juste Iugement,
Dans les sacrez Cayers ie remarque comment
Gen. 19. La Ville de Sodome, & celle de Gomorre
Furent mises en feu du feu qui tout deuore:
Exod. 14. Que le dur Pharâon, & ses Soldats pareils
Se virent submerger dedans les flots vermeils:
Que pour punition du peché manifeste
2. Reg. 19. De Dauid, il mourut septante mil' de Peste:
Que des Egiptiens les Enfans premiers nez
Exod. 11. Furent en vne nuict d'vn Ange assassinez:
Mais ayant à parler de cest Arrest supréme
Que le Pere Eternel fist contre son Filz mesme,
Je laisse tout cela, pour plein d'humilité
Dire pour quel suject il prist l'Humanité:
Ie me veux dilater sur si saincte matiere
Pour dire les tourments, les douleurs, la misere,

Le Procez

Le Procez, le renuoy, la condamnation,
Et en fin du Seigneur, la mort, & Passion.
Pour bien gouster le fruict & la douce substance
De ce sacré Mistere, il fault auec prudence
Considerer l'Estat, & la confusion
Du monde, auant le temps de l'Incarnation:
Tous les Hommes estoient, desclinez, inutiles
Au seruice Diuin; ils estoient tous fragiles
Pas vn ne faisoit bien: la pure Verité
Estoit dans le mespris; l'ardente Charité
Refroidie en effect, par-ce que la Malice
Semoit dedans les Cœurs son damnable artifice:
Le Monde estoit aueugle, & l'ancre du peché
Par le pinceau Tartare auoit tout entaché,
La Mort auoit son Regne, & l'abboyant Cerbere
Par son mortel venim tenoit tout en misere.
Fault se representer comme les Trois Personnes
De la Trinité saincte, eternellement bonnes,
Firent vne Assemblée à cause de l'Estat
Iniquement peruers de l'Homme trop ingrat:
Dans ce diuin Conseil, l'équitable Iustice
Vouloit qu'on chastyast l'Homme pour sa malice;
D'autrepart, la Clemence imploroit ardemment
La Grace, & retardoit le juste Chastiment:
Le Pere soustenoit par sa graue Puissance
La Justice; l'Esprit estoit pour la Clemence:

Ioan. 5. *Le Filz à qui le Pere auoit remis en main*
Comme au Tout-sage & bon, l'affaire de l'Humain,
Sçauoit bien que l'Effect de la mortelle offence
Desriuoit d'vn desir d'auoir la ressemblance
Et le Sçauoir tres-hault de la Diuinité,
Et que ce desir là l'auoit precipité:
Pour cela plein d'Amour, sainctement secourable,
Il eut compassion de l'Homme miserable,
Si que voulant donner à son mal du repos
Il s'adresse à son Pere & luy tient ces propos:
Ie sçay que l'Holocauste, & toutes les Hosties
Qui sont pour les pechez sur les Autels parties,
Psalm. 39. *Ne te satis-font pas: C'est la raison pourquoy*
Hebr. 2. 39. *O Pere Tout-puissant, ie viens m'offrir à Toy*
En pure Oblation; Car c'est mon faict, ma Cure,
De Sauuer celuy la qui est ma Créature.
A l'instant ce grand Filz qui gouuerne le Ciél,
Pour monstrer son Amour appelle Gabriël;
Va t'en trouuer, dist-il, de Syon la Pucelle
Et luy dis que son Roy viendra bien-tost vers elle.
O Saincte Pieté! ô Amour vehement!
O Charité ardente! ô Entrailles vrayment
Paternelles! ô DIEV! *non plus* DIEV *de vengeance*
Non plus DIEV *de Courroux, ains Pere de Clemence,*
Ie voudrois bien loüer ton Amour tout parfaict
Dont l'Homme à ressenty le Salutaire effect,

Mais las! il ne se peult, la mortelle Science
Satis-faict à cela par vn deuot Silence.
Le diuin Gabriël, ce Messager dilect,
N'eut pas plustost appris de son DIEV *le Decret,*
Que plein d'agilité il vint trouuer Marie
De toute Eternité par l'Eternel cherie:
Vierge c'est toy, dist-il, que le verbe Immortel
A choisie pour Mere, affin que du Mortel Luc. 1.
Il soit le Redempteur: le voicy à la porte
Qui heurte acompagné d'vne saincte Cohorte.
La Vierge en escoutant ce graue Ambassadeur
Ne s'en orguillit point, au contraire son cœur
Remply d'Humilité, & sainctement pudique,
Produisit vn Effect tout à faict Heroïque:
Ces mots, Ie suis l'Ancelle & serue du Seigneur,
Sont les sacrez Tesmoins de sa pure Candeur.
Ce fut en cest instant que les Nopces sacrées
Furent celestement par l'Esprit celebrées
Entre le Filz de DIEV, *& nostre Humanité,*
Qu'il prist pour nous vnir à sa Diuinité.
Le Ciel tout resioüy de ce diuin Mistere Psalm.
S'enclina doucement pour embrasser la Terre; 17.
L'ineffable Clemence, auec la Verité, Psalm.
Passerent le Contract pour viure en vnité; 84.
La desirable Paix, l'equitable Iustice,
Se baiserent pour vaincre, la guerre, & la malice:

O Decret admirable, ô Effect gracieux,
Qui esleue la Terre, & abbaisse les Cieux!
Quand le Filz, par l'Esprit, fut conceu en Marie,
Elle allà au logis du iuste Zacharie
Luc. 1. Pour voir Elisabeth; non pas que sa ferueur
Doubtast aucunement du sainct Ambassadeur:
Mais c'estoit pour conter à sa chere Cousine
Le bon-heur qu'elle auoit de la Grace diuine.
Aduint en ces Iours là que le Fruict tres-sacré
Luc. 2. Sortit du ventre pur qu'il auoit consacré:
Psalm. 18. Il sort ce vray Phebus & se faict apparoistre
Sans faire violence à son Virginal Cloistre.
La Vierge en regardant cest Enfant precieux
Le puissant Directeur, de la Terre, & des Cieux,
Né dedans vne Estable auec tant de disette,
L'embrasse tendrement, quoy qu'elle le respecte;
Et faisant les debuoirs de la Maternité
Elle alloit entourant ceste Diuinité
De petits drappeletz: d'vne façon nouuelle
Vierge, elle luy depart le laict de sa mammelle,
Néantmoins bien que Mere, & Vierge en mesme instant,
Elle adore ce Filz qui rend son cœur contant.
Apres quarante iours ceste Mere choisie
Vint presenter à DIEV le celeste Messie:
Car ce Filz desirant comme Homme estre Suject
A la Loy, il voulut par vn tres-humble effect

L'acomplir purement : Ce Seigneur inefable
Ne se contenta pas de naistre en vne Estable,
D'obeïr à la Vierge ; ains tout plein de ferueur
Il voulut se soubmetrre à la Loy du pecheur :
Obseruant tout à faict la diuine Ordonnance
Il croist en Charité & en obeïssance ;
Il est le Redempteur & par submission
Semble qu'il ait besoin de la Redemption,
Car il vient receuoir soubs la forme de l'Homme
La Circoncision, & il paye vne somme
Comme pour son rachapt : cest Enfant precieux
S'offre pour effacer nos maux pernicieux,
Il subit la rigueur de la Loy Mosaïque
Et respand son pur Sang pour nostre offence inique.
Icy fault remarquer comme l'Enfant IESVS
En croissant d'ans donnoit Indice des Vertus,
Des Graces, des Grandeurs, de la Bonté supréme,
Et du sacré Pouuoir qu'il cachoit en luy mesme.
Il estoit de besoin & de necessité
Pour croire qu'il auoit pris nostre Humanité,
Qu'il monstrast Signes clairs, & mist en euidence
Les Effects qu'esprouuons dans la mortelle Essence,
Et fist voir qu'il souffroit comme nous des douleurs :
Il fut en tel estat trouué par les Pasteurs, Luc. 2.
Par les trois sages Roys, & Syméon grand Prestre Matt. 2.
Le cognût comme Enfant, en l'action, & l'Estre.

Estant besoin aussi pour le salut certain
De croire qu'il estoit non seulement Humain,
Ains encore vray DIEV : *(car l'Eternel prist cure*
D'vnir en Christ *son Filz l'vne & l'autre Nature;)*
Il modera si bien à ceste intention
Les Signes precieux de sa P*erfection,*
De son Jmmensité, de sa Toute-puissance,
De son vnique Gloire *, & de sa Sapience;*
Que comme il croissoit d'aage, aussi pareillement
C*es Signes peu à peu auoient acroissement,*
P*our apprendre aux mortels qu'en prenant nostre Essence*
*Il ne prist le peché, encor moins l'*I*gnorance:*
C*'est la raison pourquoy ce radieux* S*oleil*
C*ommence à descouurir vn Rayon nompareil*
De sa Diuinité: d'vn sacré-sainct langage
Luc. 2. *Il respond aux Rabins, qui voyant son ieune âage*
R*estoient tous estonnez; aussi tous ses propos*
Venoient du cabinet de l'Eternel enclos:
C*'estoit bien d'vn Enfant la parole certaine,*
Mais DIEV *estoit vny à la Nature humaine:*
Que si la S*ynagogue, auecques ses Rabins,*
Estoient esmerueillez des Arguments diuins
Que docte il prononçoit soubs l'Humaine figure,
C*ombien plus de merueille eussent-ils eu à l'heure*
S'ils eussent recognû que luy qui en ce lieu
Escoutoit & parloit estoit le mesme DIEV*?*

Les sacrez Escriuains de l'Eglise Romaine
Tous vnanimement & d'vne mesme veine,
Disent que le Sauueur apres son Testament
Et l'institution du Tres-sainct Sacrement,
Passa Cedron & puis vint au petit vilage
Nommé Geth-semany: cest Homme-DIEV tressage Marc. 14.
Entra dans le jardin pres du mont Oliuet Luc. 22.
Auec vnze des siens. O Iardin vn effet
Me faict ressouuenir de ce diuin Partere
Du beau verger d'Eden ou furent mis par terre
Nos deux premiers Parents; car dedans ce Iardin
Autres-fois s'embuschá Sathan dont le venin
Composé dans l'Enfer infecta tout le Monde;
Mais son Antagoniste, Agneau tres-pur & monde,
Entre dans vn Iardin pour faire refleurir
Aux despens de son Sang ceux qui le font mourir.
IESVS-CHRIST estant lá il sentit que la crainte
Faisoit à tous ses Sens vne grande contrainte,
Si bien que patissant soubs vn si graue effort
Il dist mon Ame est triste, & proche de la mort. Matt. 26.
Tout courbé contre terre, & les yeux pleins de larmes, Marc. 14.
La bouche de sanglots, & son Esprit d'allarmes,
Il pousse, douloureux, vers la haulte Maison,
Son sejour Eternel, ceste saincte Oraison:
O Pere de Clemence! ô DIEV tres-pitoyable!
Qui auez retiré de l'ongle impitoyable

Dan. 6. *Autresfois Daniel: Qui auez ouy l'helas*
Iona. 2. *Du creux de la baleine eslancé par Ionas:*
Qui auez conserué par vostre main puissante
Dan. 3. *Les trois petits garsons dans la fournaise ardente:*
Exçaucez, ô Seigneur, exçaucez maintenant
Les cris & les clameurs de vostre propre Enfant.
Je sens, Pere Eternel, la part Jnferieure,
L'Appetit naturel, qui ne veult que ie meure,
Jl redoubte la Croix, la Mort, & Passion;
C'est pourquoy tout remply d'extreme affliction
Il prie ta Bonté luy estre si propice
Que d'esloigner de luy le tres-amer Calice:
Mais aussi d'autrepart, i'ay vne faculté
Qui remet au debuoir la sensûalité,
C'est la saine Raison que ta saincte Puissance
Commande de tout temps: sa pronte obeïssance
Veult tout ce que tú veux; & partant si l'Arrest
De ma Mort est rendú, Pere, me voicy prest
De subir ceste mort: voila que j'abandonne
Mes pieds, & mains, aux Cloux; mon Chef à la Couronne
D'espines; mon Costé à la lance; & de plus
Tout mon Corps à la Croix, pour y mourir dessus.
Parmy ceste ferueur, & dans ceste priere
Que le Filz ardamment enuoyoit à son Pere
Au sejour Empiré; l'Imagination
De la Mort luy donna telle apprehension

Qu'il

Qu'il tombe en agonie : vne ſüeur ſanglante
Enuironne ſon Corps, ſon Ame eſt panthelante, Luc. 22.
On ne void rien que ſang ; ce deluge vermeil
N'à point de parangon, il n'eſt qu'à luy pareil.
Las ! qui à iamais veu vne choſe ſemblable ?
Qui à oncque entendu vn cas ſi pitoyable ?
Falloit bien, ô Nature, vne extreme douleur
Pour faire deſcouler vne telle Süeur ?
Mais d'ou vient que celuy qui ce grand Tout commande
Reſſent dans ce Jardin vne douleur ſi grande ?
D'ou vient que ceſt Athlas qui ſouſtiens l'Vniuers,
Qui ſubſtante & maintiens tant de Sujects diuers,
Se trouue en tel eſtat ? c'eſt la mortelle offence
Qui luy faict eſprouuer vne telle ſouffrance.
Si toſt que le Seigneur eut finy l'Oraiſon
Adreſſée au Seigneur de la haulte Maiſon ;
Qu'il eut faict ſes Adieux, & que Judas le traiſtre
Eut vendu aux Hebrieux ce Seigneur ſon bon Maiſtre :
Jl fut pris, garotté, rudement enchaiſné
Par ce peuple crüel, & tout ſoudain mené Ioan.
Dedans la maiſon d'Anne, & puis deuant Cayphe 28.
Son gendre, qui eſtoit en ceſt an grand Pontife : Matt.
Il fut interogé, meſpriſé, ſouffleté 26.
Et receut mile affronts, ô grande Impieté ! Luc. 22.
Caïphe apres cela fiſt conduire en grand haſte Matt.
Ceſt Agneau ſans macule au logis de Pilate 27.

Pour estre condamné selon leurs passions :
Ce President requiert les Informations,
Demande le Procez, veult voir les Tesmoignages
Qu'on à faicts contre luy : mais ces Antropophages
Ioan.18. Respondent, s'il n'estoit plein de meschanceté
Nous ne l'aurions iamais deuant toy presenté ;
C'est le plus scelerat, c'est bien le plus coulpable
Qu'on puisse rencontrer sur la terre habitable :
Car nous l'auons surpris alors qu'il seduisoit
Le Peuple d'Israël, & ainsi qu'il faisoit
Deffence de payer le Tribut à Auguste ;
Il se dict le Messie & le Filz du DIEV juste,
Qu'il est Roy de Iudée, & mile autres Erreurs
Qui meritent la Mort, ô meschants Imposteurs !
O perfides Tesmoins sortis des noirs abismes !
Vous chargez l'Innocent de trois dangereux Crimes,
Tous trois contre l'Estat ; vous dites, mal'heureux,
Que c'est vn seducteur, vn grand seditieux,
Qu'il empesche le droict que l'on doit à Auguste
Et qu'il veut estre Roy : ô discours tres-iniuste !
O grande fausseté ! puis qu'on sçait bien que Christ
A commandé la Paix ; de plus, qu'il à prescrit
Marc.12. Que l'on paye Cesar ; & sa bouche feconde
Ioan. 18. A dict que son Royaume estoit hors de ce monde.
Pilate ayant compris ces accusations,
Ne se contente pas ; il void les passions

De ses Accusateurs ; de sorte que luy mesme
Interoge le Roy de la voute supreme :
Mon Amy, luy dist-il, vous estes acusé
Et chargé de grands maux ; on dit qu'auez vsé
De discours fort mauuais qui vous font punissables,
Parlez, qu'auez vous faict ? vous sentez vous coulpable? Ioan.18.
Ce President ayant interrogé tres-bien
Le Seigneur, & voyant qu'il ne respondoit rien,
Il recognût quasi à trauers son silence
Les esclatans rayons de sa pure Innocence;
C'est pourquoy derechef il luy va demandant
Si à la Royauté il alloit pretendant :
Estes vous point, dist-il, de ce sang noble & digne
Des grands Roys d'Israël, de ceste Tige insigne ?
On en croid quelque chose, à cause que trois Roys
Sont venus d'Orient pour receuoir vos Loix : Matt. 2.
Mesme depuis cinq Iours i'ay ouy parmy la ruë
Cryer viue le Roy à vostre bien-venuë ; Matt.21.
Chacun vous tient pour tel, dites donc sans effroy
Si de ce Peuple Hebrieu vous n'este pas le Roy ? Ioan.18.
Le Seigneur qui auoit esté dans le Silence
Pendant que l'on blasmoit sa candide Innocence,
Parle tout aussi tost que l'on l'appelle Roy;
Nous enseignant par la qu'il auoit plus d'esmoy
Oyant parler d'honneur, ou le mortel se fie,
Que non pas du blaspheme, & de la calomnie :

C'est pourquoy il respond d'vn discours adoucy
Mon Royaume n'est pas dedans ce Monde icy.
Escoute, President, à present ie declare
Que mon Christ est vn Roy, vn Monarque tres-rare;
Il à tousiours joüy de ce vaste Vniuers
Et commande à baguette aux Elemens diuers;
En fin c'est le grand Roy, des Hommes, & des Anges;
A qui tout chacun doibt, honneur, gloire, & Loüanges;
Il est venu icy prendre l'Humanité
Et pour faire paroir que c'est que Verité:
Ioan. 18. *Sur ce mot Verité le President Pilate*
Interoge IESVS; *mais il auoit si haste,*
Qu'ayant argumenté, supposé la question,
N'en voulut, ô mal'heur, ouyr la solution:
Il sort pour ne vouloir la Verité entendre
Et vint trouuer l'Hebrieu qui estoit las d'attendre,
Auquel il dist tout hault, Ie ne rencontre rien
En cest Homme, ie croy qu'il est homme de bien;
Je n'apperçois en luy rien que de l'Innocence
C'est pourquoy ie ne puis prononcer sa Sentence.
Les Iuifs l'oyant parler, luy dirent, furieux,
Comment! vous excusez ce grand Seditieux,
Ce boute-feu qui à preschant sa Loy meslée
Mis en combustion, Judée, & Galilée?
Pilate ayant appris que nostre doux Support
Estoit Galiléen, & non pas du ressort

Hierosolimitain; tout soudain il l'enuoye
Vers Herodes, qui eut en le voyant grand joye,
Par ce qu'il presumoit que IESVS qu'il croyoit
Estre vn grand Magiçien, en son Pallais feroit
Des prodiges tres-grands; Mais ceste Sapience
Cognoissant son desir, resta dans le Silence:
Si bien que le Tetrarque irrité dans son Cœur,
Et tenant pour vn fol le tres-sage Seigneur,
Il le fist habiller d'vne blanche vesture,
Et ainsi acoustré & en telle posture
Le renuoye à Pilate. ô Jugement peruers
Des Mortels! ce grand DIEV, maistre de l'Vniuers,
Qui est le vray Thresor de toute Sapience,
Et à qui ce grand Tout rend humble obeïssance,
Au jugement d'Herode, & de ses Courtisans,
Est tenu pour vn fol, & le Roy des plaisans.
Estant donc de retour de la maison d'Herode,
Pilate incontinent assemble le Synode,
Appelle le Conseil, & luy discourt ainsi,
Messieurs que voulez vous de ce pauure homme icy?
Pour moy ie ne voy rien contre son Innocence,
De le faire mourir n'y à point d'apparence:
Herode le renuoye icy quitte & absous
Et à plus d'interrest en la cause que vous:
Que s'il eust recognû en luy quelque malice
Certes il n'eust manqué de le mettre au Supplice,

Luc. 23.

Penſez bien à cela. Chaſque iour ſolemnel
L'on vſe deliurer vn pauure Criminel
Pour le reſſouuenir de voſtre douce & belle
Exod. 14. *Deliurance d'Egipte ; ou bien encor de celle*
1. Reg. 14. *Du Prince Ionathas: Nous auons en priſon*
Vn Voleur qui à faict des crimes à foiſon,
Son nom eſt Barrabas ; dites moy ie vous prie
Si à luy, ou IESVS, *on ſauuera la vie?*
Le Iuge preſumoit par ce petit appas
De ſauuer le Sauueur, & perdre Barrabas:
Mais las! il fut trompé, car le Peuple s'eſcrye
Pilate donne nous, chacun de nous t'en prie,
Ioan. 18. *Le pauure Barrabas quoy qu'il aye mal faict,*
Et retiens en ſon lieu IESVS *de Nazaret.*
O Peuple forcené! as tù bien le courage
De preferer ainſi, pour contenter ta rage,
L'impie, à l'Innocent; le meſchant au Tout-bon?
De meſpriſer le Iuſte, eſtimer vn larron?
Et blaſmer la Vertu pour eſtimer le vice?
O malheur! ô enuie! ô trop grande Injuſtice!
Il ne pouuoit iamais arriuer vn malheur
Plus grand que celuy la; car ſi le Créateur
Au ſon de ceſte voix n'euſt vſé de Clemence,
Toute choſe creée euſt eu de la ſouffrance,
Phebus euſt eclypſé, le bleu Ciel euſt tonné
L'Uniuers euſt fremy, ce Tout tout eſtonné

Eust veu ouurir la Terre, & l'Element supreme
Eust consommé le Tout pour venger ce blaspheme.
Comme le President veult encore instamment
L'aider & moyenner son eslargissement,
Voila de toutes parts que l'on murmure & crye
Ostez, Crucifiez, faictes perdre la vie
A ce Seditieux qui peruertist nos Loix:
Faicte qu'il soit pendu à l'arbre de la Croix,
Autrement on croira que vous n'este pas Iuste
Ny loyal seruiteur du glorieux Auguste:
On s'en plaindra à luy, & comme il est prudent
Il pourra vous oster l'Estat de President.
Pilate ne pouuant resister dauantage
A ce Peuple poussé de fureur & de rage,
Condamne IESVS-CHRIST: *mais pour son interest,*
A estre fustigé, il le fut sans arrest. Ioan. 19.
Incontinent apres ceste grande Injustice
Que l'on fist à IESVS, il fut par la Milice
Conduit dans le Pretoire; & ayant deuestu
Ce Seigneur qui nous vest de grace & de vertu, Matt. 27.
Ils couurirent son Corps d'vn manteau d'Escarlate,
Mirent dessus son Chef d'vne façon ingrate
La Couronne d'Espine, & auec vn Roseau
Fraperent, insolents, ce Chef diuin & beau:
Il se mocquoient de luy, & pour plus grand outrage
Ils crachoient tour à tour contre son sainct Visage:

Luy ayant par mespris mis le Roseau en main,
Se mirent à genoux & dirent par desdain
Salut, ô Roy des Iuifs; puis voilerent sa face
Matt. 14 *Donnerent des souflets, & en changeant de place*
Ioan. 19. *Luy disoient Prophetise? Alors Iesus clement*
Sortit portant sur soy le pourpré vestement
Auecques la Couronne espineuse, ainsi comme
Il sortoit Ponce dist aux Hebrieux, voicy l'Homme.
Il ne sembleroit pas que les cœurs des Humains
Peusent couuer en eux des traicts si inhumains,
Traicts qui estant dardez sur vn, quoy que coulpable,
Rendroient le plus felon sans doubte pitoyable:
Mais quoy? le noir Sathan en estant l'inuenteur,
Et celuy qui souffroit nostre doux Redempteur,
Il ne se pouuoit pas que ceste extreme peine
Soufferte du Seigneur, deust assouuir la haine
Extreme du Demon; n'y la Benignité
De ce Verbe eternel bruslant de charité,
Se contenter pour nous d'vn plus moindre supplice,
Ainsi l'Amour vaincquit, la haine & la malice.
Pilate, c'est icy qu'on verra ta candeur
Pour aider l'innocent, & vaincre la faueur;
C'est icy qu'on attend d'entendre ta sentence
Pour sçauoir si tu es de bonne conscience;
Si pour ton interest tu veux plaire à l'Hebrieu,
Si tu crains plus le Prince, & le peuple, que Dieu:

Nous verrons si la peur de perdre ton Office
Te fera prononcer vn Arrest d'Injustice.
Há ! ce Iuge perfide en s'oyant menasser
De Cesar, & voyant qu'il ne pouuoit passer
Plus oultre pour IESVS, *à cause que la rage*
De ce Peuple peruers s'eschauffoit d'auantage :
A la veuë de tous il se laue les mains Matt. 27.
Et condamne à la mort la Vie des Humains.
O Iuge tres-injuste ! ô Inique Sentence !
Tu ne trouuois tantost rien que de l'Innocence
En ce pauure Homme icy : ce pendant ceste fois
Tu le condamne à tort de mourir sur la Croix :
O Iour du tout fatal, sanglant, & lamentable,
Puis qu'il fault que le bon meure pour le Coulpable !
C'est doncques maintenant qu'il vous fault, ô Seigneur,
Mourir, mais d'vne mort pleine de deshonneur,
Au milieu des larrons, au sommet de Caluaire ?
Ouy, il le fault ainsi, il est tres-necessaire :
A DIEV *donc mon Sauueur, adieu diuin Soleil*
Qui tire les pecheurs de l'eternel Sommeil :
Ha ! ie n'ay pas assez, ny de voix, ny de force
Pour faire mes adieux à celuy qui s'efforce
De souffrir pour m'aider, & dont l'affection
Se porte sur la Croix pour ma Redemption :
C'est pourquoy seulement ie feray ma priere
Pour estre illuminé de sa saincte lumiere.

Desja il estoit Sexte au Quadran de Syon,
Qui est Midy suiuant la supputation
Des plus graues Docteurs, quand le Peuple Hebraïque
Tout glorieux d'auoir eu la Sentence inique
Contre IESVS, le fist rudement despouiller
De sa pourpre sanglante, & soudain habiller
Matt. 27. De ses propres habits; affin, ô grand' malice,
Qu'il fust mieux recognû s'en allant au Supplice,
Et qu'ayant enduré les peines de la Mort
Chasque Soldat jettast sur ses habits le Sort.
Pour plus le tourmenter, ceste trouppe meschante
Luy chargea sur le dos vne Croix fort pesante,
Longue de quinze piedz : ô rude Inuention
Non iamais pratiquée en la punition
De pas vn Criminel; car c'est chose cogneüe
Que l'on cache l'espée, & qu'on bousche la veüe
De celuy que l'on doibt alors decapiter,
Pour ne pas doublement sa douleur augmenter :
Mais ces crûels bourreaux, ceste race infernale,
En voyant le Seigneur en ce mortel Dedale,
Ne se contentent pas de luy monstrer la Croix,
Ains la luy font porter; affin qu'en vne fois
Il endurast au Corps & souffrist dedans l'Ame:
Les deux meschants Larrons qui remplis de diffame
Debuoient mourir en Croix, n'esprouuerent l'effort
Comme fist IESVS-CHRIST, du fardeau de leur Mort.

Neantmoins les Hebrieux, tous bouffis de vengeance,
Veulent que cest Agneau qui est toute Innocence
Porte dessus son dos l'Object de son tourment,
Pour monstrer qu'il estoit digne d'vn chastiment
Plus grand que d'vn voleur ; & que par son offence
Plus enorme, il falloit plus aigre penitence.
C'est alors que l'on vid Isaac porter le bois
Au lieu du Sacrifice, affin que ceste fois Genes. 22.
Il fust sacrifié comme Oblation monde
Pour l'entiere rançon des offences du Monde.
Ainsi que IESVS-CHRIST alloit ainsi chargé
Du fardeau de la Croix, il estoit affligé
D'vne telle façon, si foible, & si debile
Qu'il tomboit à tous coups, il estoit inhabile
Pour la porter plus loin : De sorte que l'Hebrieu
Craignant qu'il ne pourroit arriuer iusque au lieu
Appellé Golgotha, autrement mont Caluaire,
Pour y souffrir la mort qui estoit necessaire
Au salut des Mortels, prist vn Cyrenéen Matt. 27.
Pour soulager vn peu le bon Nazaréen.
Arriuez sur le Mont, ce Peuple Antropophage
Tout enflé de rancune & d'infernale rage,
Deuestit les habits de ce triste Seigneur
Qui sentit pour cela renaistre sa douleur;
Car ses habits collez aux playes abondantes
Les ouuroient derechef & les rendoient sanglantes.

L'ayant mis sur la Croix, ô DIEV quel lict d'honneur!
Et estendu son Corps; auec grande fureur
Ils percerent ses mains & ses piedz tout à l'heure
De trois gros cloux de fer: si bien que le murmure
Des Soldats, les Ecchos des grands coups de marteaux,
Les blasphemants brocards que dardoient ces bourreaux
Contre ce pauure Iob, mais riche Roy des Anges,
Causoient dedans les cœurs des effects bien estranges.
Or Pilate cherchant le moyen indecent
Pour monstrer qu'il auoit condamné l'Innocent
Iustement à la mort; & pour laisser la marque
Qu'il auoit entrepris contre Cesar Monarque,
Et contre son Estat; il fist, malicieux,
Luc. 23. Escrire que le Christ estoit Roy des Hebrieux:
Ioan. 19. Fist poser l'Escriteau, pour estre manifeste,
Au plus hault de la Croix, au dessus de sa Teste:
L'Hebrieu, Grec, & Latin, trois langages diuers
Apprirent ce dicton par tout cest Vniuers.
IESVS estant cloüé, sa Croix estant dressée,
Chacun le regardoit, & en faisoit risée:
Apres les ris amers, les blasphemes trottoient,
Tout estoit contre luy; les Soldats se battoient
Matt. 27. Pour auoir ses habits: Et pour plus luy deplaire
Les Scribes qui estoient dessus le mont Caluaire
Matt. 27. Disoient en ce gaussant, S'il est Roy d'Israël
Qu'il descende de Croix, & nous le croirons tel?

D'autres les imitans en ce peruers exemple,
Cryoient, te voila donc braue ruyneur de Temple?
Si tú es Filz de DIEV comme ſouuentesfois
Tu l'as dict, ſauue toy, & deſcend de la Croix? Luc. 23.
Seigneur, qu'euſſions nous faict, ſi par voſtre Clemence
N'euſſiez ſouffert ces maux auecques patience?
Helas! qu'euſſions nous faict ſi euſſiez deſcendu
De ceſte Croix ſacrée ou vous eſtiez pendu?
Tout fut paré de Noir en ceſt effet funebre;
L'enclos de l'Vniuers fut couuert de Tenebre;
Chaſque Element patit; le clair voyant Soleil
Eclypſça; & le Ciel ſe tapiſſa de dueil: Luc. 23
Tout eſtoit eſtonné, & chaſque Créature
Souffrit lors que ſouffrit le DIEV de la Nature.
Vers Nonne, IESVS-CHRIST, pour le terrible effort
Des tourments, des trauaux, des peines, de la Mort,
Eſtoit paſmè de ſoif; en ceſte ſoif tres-aigre
On luy donna du fiel meſlé dans du vinaigre: Ioan. 19.
L'ayant gouſté il diſt d'vn accent aſſez hault
Ia tout eſt conſommé; Puis parlant au Tres-hault
Il fiſt ceſte Oraiſon: Mon Pere ſois propice
A ton Filz, & reçois ſon humble Sacrifice,
Mon Ame, & mon Eſprit, ie reſigne en tes mains Luc. 23.
Et te prie auoir ſoin de ces pauures Humains:
Puis enclinant le Chef, & fermant les paupieres
Son Ame priſt congé de ce val de miſeres.

Voila, pieux Lecteur, le Decret Paternel
Executé du Filz pour ſauuer le mortel,
Je m'y ſuis eſtendu, Car ce faict Heroïque
Ne peult eſtre exprimé d'vn diſcours Laconique;
Puis ie ſçay que celuy qui cheriſt l'Equité
Ne blaſmera iamais ceſte prolixité:
Que ſi cela deplaiſt aux Singes d'Ariſtarque
Je dis qu'ils ont grand tort, & que c'eſt vne marque
De Reprobation; l'effect d'vn bon Eſprit
C'eſt d'aimer les diſcours qu'on faict de IESVS-CHRIST.
Comme on remarque icy vne Iuſtice extreme
Que l'on dict Punitiue; auſſi fault-il de meſme
Sçauoir qu'il y en à Vne autre dont l'Effect
Eſt de remunerer & payer le bien-faict:
Le valeureux Michel ayant faict reſiſtance
Aux deſſeins du Demon, en eut la Recompence:
Adam ayant failly contre le Tout-puiſſant
En fiſt la Penitence, & ſon Cœur gemiſſant
Obligea le Seigneur d'effacer ſon offence
Et d'eſpandre ſur luy ſa douceur & Clemence:
Noé pour auoir craint & aimé l'Eternel
Eſchapa du peril qui fut Vniuerſel:
Loth ne fut point touché de la flame inhumaine;
Jonas, ayant pleuré, ſortit de la Balaine:
Et IESVS pour auoir eſté Crucifié
Fut du Pere Eternel au Ciel glorifié

Et aſſis à ſa dextre: ainſi ceſte Iuſtice
Recompence les Siens d'vn digne benefice.
De plus, fault obſeruer qu'apres que le Seigneur
Eut eſté offencé du premier Geniteur,
Il luy pleut, en deux parts, diuiſer ſa Iuſtice
Qu'il auoit excercée encontre la malice
De l'Ange Lucifer: Il retint celle la
(Vnie à la Clemence) auec laquelle il à
De tout temps chaſtyé ceux dont le Cœur rebelle
A cherché d'irriter ſa bonté Eternelle:
L'autre part il donna auec perfection
A ceux qui ſur le Peuple ont Iuridiction,
Soit dans la Monarchie, ou Ariſtocratie,
Ou bien deſſus l'eſtat de la Democratie.
Ceſte Iuſtice eſtoit pendant l'Antiquité
Priſée comme vn Don de la Diuinité,
Elle eſtoit excercée auec tant de Prudence
Qu'on gardoit le bon droict & puniſſoit l'offence:
Salomon eſtimé le plus ſage des Roys 3. Reg.
L'Illuſtra grandement, & releua ſes Loix, 2. 3.
Les excellents Decrets de ſa Iudicature
Sont fort bien exprimez dans la ſaincte Eſcriture:
Le grand Aſſüerus apres auoir cogneu Hester.
Qu'Aman tyranniſoit le pauure peuple Hebrieu, 7.
Iuſtement prononça ſa Royale Sentence
Et le fiſt attacher au hault d'vne potence:

Mais comme peu à peu ceste juste Equité
Se vid contrecarer par la Peruersitè
Et Vices des mortels, pour cela colerée
Elle s'en retourna dans la voûte Etherée.
Entre les Nations qui ont anciennement
Parlé de la Iustice : assez elegamment
Orûs Apollo. Les vieux Egiptiens par raison methodique
Ont faict voir que la Palme est son Hyeroglifique:
Car comme ceste plante, à la feille, & le fruict,
Esgaux en pesanteur ; que sa Substance fuit
De la Corruption ; que lors qu'elle est chargée
Elle rompt bien plustost, que flechir, outragée:
De mesme les Decrets d'vn juste Senateur
Doibuent estre remplis d'Equité, de Candeur,
Sans pancher ça ny la: Il doibt estre Inuincible
Veritable en Conseil, tousiours Incorruptible.
Apres ceux la d'Egipte, on sçait bien que Platon
in Phedon. & Phedro. Parle de la Iustice à la perfection;
Que le senat Romain, & l'Aréopagite,
Ont de ceste Themis caressé le merite:
Car ils ont apperçeu dans la Moralité
Qu'elle estoit necessaire à nostre Humanité.
Or comme IESVS-CHRIST, le Soleil de Iustice,
Est descendu ça bas pour en chasser le vice,
Tout-bon, il à voulu que nos Roys Tres-chrestiens
Feussent sur tous les Roys tenus pour Enfans siens,

Filz

Filz aisnez de l'Eglise, Asiles du sainct Siege,
Deffenseurs de la Foy; & par vn Priuilege
Notable, & precieux, voulut que de Themis
L'Espée, & la Balance, en leurs mains feussent mis.
Mais comme ces grands Roys estant dans l'excercice
De rendre à tout chacun vne bonne Justice,
Virent que les Sujects pulluloient à foison,
Il leur pleut d'establir, guidez par la raison,
Des Cours de Parlements, affin que dans la France
La Iustice, & la Paix, fissent leur residence.
Pour ce pieux effect firent eslection
D'hommes pleins de Sçauoir, & d'Erudition,
Desquels la Probité justement Equitable
Ne craignoit les abboys du Censeur miserable;
Leur donnerent pouuoir de rendre l'Equité
Et de faire punir la noire Iniquité:
Mais ils prirent pour eux la plus riante face
De Iustice, qui est le Loyer & la Grace.
Celuy qui le premier fist l'establissement
De ce sacré Senat que l'on dict Parlement, Du Haillant.
Fut Philipes le bel: Paris bagné de Seine
Eut l'honneur de loger ceste Cour Souueraine, Pasquier.
Ie dis ce Parlement que toutes Nations
Admirent pour l'esclat de ses Perfections,
Pour son Integrité, & pour ceste Sagesse
Qu'Incorruptiblement il excerce sans cesse.

Mais nostre France estant le Cœur de l'Vniuers,
Remplye de Citez, & de Peuples diuers,
Il estoit impossible à ce Senat supreme
De satisfaire à tout : Ainsi Charles septiesme
Conduict par la Raison, & de son Iugement,
Du. Hail-lan. *Establit à Thoulouze vn autre Parlement :*
Parlement qui remply d'équitable Justice
Conserue justement, l'Estat, Loix, & Police ;
Le fertil Languedoc, Foix, Velay, Viuaretz,
Et beaucoup d'autres Lieux subissent ses Arrests.
Ce magnanime Roy ayant par sa vaillance
Repoussé les efforts de l'Angloise arrogance,
Ordonna peu apres par maxime d'Estat
Du Hail-lan. *Que dans Bourdeaux seroit vn souuerain Senat :*
Qui faisant esclater par toute la Guyenne
I. Bou-chet. *Les tres-justes Effects de la Themis Chrestienne,*
A tousiours demonstré sa pure affection
A nos Roys, en despit de la Rebellion.
En suite de cela, le Roy Loüys onziesme,
Cognoissant que Themis causoit vn bien extreme,
Du Hail-lan. *Voulut que dans Grenoble y eust ce Parlement*
Dont tout le Dauphiné reçoit contentement :
C'estoit bien la raison, puis que l'aisné de France
Prend le nom de Dauphin au Iour de sa Naissance.
Du Hail-lan. *Jl establit aussi celuy la de Dijon*
Pour la tranquilité du peuple Bourguignon,

Il estoit à propos que dedans ceste Ville
Qui est si bien peuplée, & en biens si fertile,
Et qui porte le Nom de la Diuinité,
Il y eust vn Senat si plein de Dignité.
Vn autre Roy Louys, de ce nom le douziesme,
Voulant estançonner son Royal diademe,
Et vnir la Iustice, auec la Pieté,
Establit dedans Aix, fort gentile Cité, Pasquier.
Vne Cour Souueraine: Elle à sous sa Puissance
Le fertile Pais de toute la Prouence,
Prouince dont les Ports sont remplis bien souuent
Des thresors precieux qui viennent du Leuant.
De plus, ie trouue encor que ce Roy magnanime,
Establit à Roüen, Ville & Port maritime, Pasquier.
Vn Souuerain Senat, vn digne Parlement, Monstrelet.
Soubs le pouuoir duquel est le peuple Normand.
Le Roy François premier, restaurateur des Muses,
Et qui dans ce Royaume à les Graces infuses,
Voyant que les Bretons estoient trop reculez
Pour venir à Paris, y estant appellez,
Poussé de cest Esprit qui nos Roys acompagne
Establit vn Senat à Rennes en Bretagne. Pasquier.
Voila donc (ô Lecteur) les huict supremes Cours
Ou la juste Equité se remarque tousiours;
Ie ne m'estends pas trop pour parler de leur Gloire
Elle se void assez dans la Françoise Histoire,

Et puis c'est mon desir de parler desormais
Du dernier Parlement estably dedans Metz.
Nostre bon Roy Loüys incessamment Auguste
Et qui pour sa Iustice à le Tiltre de Iuste,
Estant guidé du Ciel qui protege nos Roys,
A chassé l'Albion, vaincu les Rochellois,
Faict trembler l'Italie, humilié l'Espagne,
Abbaissé le hault vol de l'Aigle d'Allemagne,
Et gaignant Pignerol mis Sauoye en soucy,
Et la Loraine encore à cause de Nancy:
Il semble que DIEV *veille (vn chacun le remarque)*
Qu'il soit de ce grand Tout l'vniuersel Monarque;
Car oultre sa Bonté, sa Justice, & Valeur,
Et tant d'autres vertus qui viennent du Seigneur,
Il luy à faict Present d'vn excellent Genie
D'vn autre Salomon de Sagesse infinie,
C'est ce grand Cardinal, le Duc de RICHELIEV,
Dont la Gloire, & l'Honneur, esclattent en tout Lieu.
C'est Inuincible Roy ayant veu ceste Ville
De Metz, grande, peuplée, abondante, & fertile,
Arrosée des eaux de Moselle, & encor
De Seille qui serpente en luy léchant le bord;
Et sachant qu'autresfois elle estoit Capitale
De toute l'Austrasie, & la Cité Royale;
Qu'elle n'auoit iamais eu plus d'heur & d'honneur
Que lors que le François en à esté Seigneur;

Et que son Magistrat, quoy que fort Equitable,
Iuste, & pour la Police, ardent, & veritable,
N'estoit assez puissant pour regir cest Estat,
Pour celá il voulut y Créer un Senat:
Sachant que la Iustice, vnie à la Vaillance
A conserué tousiours les beaux lys de la France.
Et que par son moyen toute l'Humanité
Peult viure heureusement dans la Tranquilité;
Bref, sçachant que cinq Roys, pieux, & Magnanimes,
Auoient ja estably huict Parlements sublimes,
Il luy à pleu créer, faire Establissement
Et d'enuoyer à Metz vn sacré Parlement,
Qui à dans son Ressort & dessous sa Puissance
Ledict MetZ, Toul, Verdun, auec leur deppendance.

Ce souuerain Senat arriué en ce lieu
Alla dans sainct Estienne adorer le grand DIEV:
Henry de Haraucourt, ce Doyen tres-loüable,
Auecques le Chapitre, Insigne, & Venerable,
Les receut; & fist voir en ceste occasion
L'esclat de son Merite, & son Affection:
L'Euesque de Madaure, excellent en Sagesse,
Doctrine, & Pieté, y celebra la Messe,
Puis leur ayant donné la Benediction
Et faict ce qu'il falloit pour si belle Action,
Il se joignit à eux, & monterent ensemble
Dans le Pallais Royal destiné pour le Temple

De la juste Equité : le Clergé y estoit,
Force Noblesse aussi ; le Magistrat suiuoit,
Et grand Nõbre de Peuple. ANTHOINE DE BRETAGNE,
Le mignon de Minerue, & Themis sa Compagne,
Le Chef de ce grand Corps, ce Premier President
Qui est de nostre Roy fidelle Confident,
Au Nom de ce Senat, qui ce Throsne decore,
R*emercia, zelé, l'Euesque de Madaure*
De sa saincte Oraison : puis auec grauité
Luy dist qu'il ne doubtoit qu'estant plein d'Equité,
Il n'eust bien du plaisir voyant ce Ministere
Souhaité par vn Roy le plus grand de la Terre,
Estre ainsi acomply. Aussi tost ce Prelat
Dist que tous ces Pays faisoient bien de l'estat
De ce qu'vn tel Monarque, Inuincible, & Auguste
Leur auoit enuoyé vn Parlement si Iuste :
Qu'il tenoit à bon-heur que l'Establissement
Estoit faict en ce Temple, au point que justement
Le radieux Soleil auoit sa residence
Au Signe Virginal, penchant vers la Balance :
Que cela predisoit, mais auec Verité,
Que leurs Arrests seroient tout-pleins d'Integrité,
D'Equité, de Candeur, & que par leur Iustice
Seroit gardé le Droict, & repoussé le Vice.
Ces propos acheuez on leut publiquement
L'Edit de nostre Roy pour l'Establissement

De ce ſacré Senat : apres ceſte Lecture,
Le Premier Preſident, d'vne eloquence pure
Et ſüaue aux Eſprits qui ne ſont point peruers,
Appriſt aux Citoyens, & aux Peuples diuers,
Les Motifs pour leſquels noſtre Roy debonnaire
Le ſouhaitoit ainſi ; Qu'il eſtoit neceſſaire
Pour leur felicité : puis leur fiſt voir le Droict
Que dedans ces Pays ſa Majeſté auoit ;
Que l'Eſtabliſſement de ce Senat inſigne
Eſtoit de ſa Bonté, la Figure, & le Signe.
En ſuitte de cela, LEONOR DE REMEFORT,
Aduocat General, que le Roy cheriſt fort,
Tant pour ſon grand Sçauoir, que pour ſon Eloquence,
Integrité, Iuſtice, & candide Prudence,
Parla ſi dignement que ſa docte Oraiſon
Contenta tout à faict des Sçauants la Raiſon ;
Haranguant pour LOVIS, *des grands Roys le plus Iuſte,*
Fiſt oüyr qu'il parloit d'vn parler tout Auguſte,
Et que pour le regard de l'Eſtabliſſement
De la Cour Souueraine, il parloit Iuſtement :
Mais n'ayant pas la Plume, encore moins la Veine,
Pour loüer comme il fault ceſte autre Demoſthene,
Ie m'en deporteray ; & parmy ce debuoir
L'on verra mon deſir plus grand que mon pouuoir.
Apres ceſte Harangue on vid ceſte Aſſemblée,
Eſtre d'eſtonnement, & de joye comblée,

Un chacun benissoit, le Roy, & ce Senat,
Qu'il auoit enuoyé pour conseruer l'Estat,
Pour releuer les Loix, maintenir la Iustice,
Soustenir l'Innocent, & corriger le Vice.
Belle, & sage Minerue, & vous sçauantes Sœurs,
Si vous m'auiez faict part de vos sainctes douceurs,
Je dirois doctement, l'Excellence, & Merite,
De ces grands Senateurs, dont le Roy fist eslite
Cognoissant leur Candeur, Doctrine, Integrité,
Intelligence, Foy, Sagesse, & Probité:
Mais n'ayant ce bon-heur, Je ne lairay de dire
Que ce Iuste Senat ja commence à produire
Des Effects merueilleux; le pouuoir de Themis
Est par ces Senateurs dans son lustre remis:
Si bien que l'on espere apres si belle Aurore
De voir vn beau Soleil; Et que bien tost encore
Les Peuples esloignez, entendant la Candeur
De ce sacré Senat, y viendront de bon Cœur
Rechercher la Iustice, & consulter l'Oracle
Qui par ses purs Decrets va dissipant l'obstacle
De la Peruersité, affin de desormais
Iouyr du doux repos dont l'on jouyst à Metz:
Ouy certes, & ie croy, comme il est raisonnable,
Que l'on verra bien tost que ie suis veritable.
IVSTE *Legislateur, Iuge de l'Vniuers,*
Qui guerdonne les bons, & punis les peruers,

Ie te prie

Ie te prie humblement d'illuminer ſans ceſſe
Ces graues Senateurs, augmenter leur Sageſſe,
Conſeruer leurs Santez, & ſur leurs Actions
Reſpandre abondamment tes Benedictions,
Affin que chacun d'eux excerce la Iuſtice
A ton Honneur, & Gloire: & qu'en ceſt excercice
Ils puiſſent contenter le plus juſte des Roys,
Maintenir ſon Eſtat, la Police, & les Loix,
Proteger l'Orphelin, la Vefue, & l'Innocence,
Et faire chaſtyer des Iniques l'offence:
Apres cela, grand DIEV, *fais qu'en leur dernier Iour*
Ils ſoient tous Senateurs dans ta Celeſte Cour.

FIN.

ACROSTICHS, SVR LES NOMS DE NOSSEIGNEVRS DE LA COVR DE PARLEMENT DE METZ.

Par Æſprit Gobineau, Sieur de MONT-LVISANT, *Chartrain.*

A METZ,
Par CLAVDE FELIX, Imprimeur Iuré.

M. DC. XXXIIII.

A MONSEIGNEVR DE BRETAGNE, CHEVALIER, BARON DE LOISY, SEIGNEVR DE LA MOTHE, STIGNY,

Millery, Chaumeray, &c. Conseiller du Roy en ses Conseils d'Estat & Priué, & premier President en sa Cour de Parlement de Metz.

Ainsi que dans le Ciel on apperçoit Phébus
Noblement rayonner & vaincre les Tenebres:
Tout de mesme on te void entre les plus Celebres
Heureusement briller & chasser les Abus.
On sçait bien que LOVIS *le plus Juste des Roys*
Iustement faict Estat de ton rare Merite;
Nous en voyons l'effect: Car il à faict eslite
E,t t'à mis en ce Lieu pour estre Chef des Loix.
Des l'heure que tù és au Temple de THEMIS
Escoutant les Raisons que chacun t'y propose:
Benin à l'Innocent pour luy tù te dispose
Rebuttant le Peruers comme il s'estoit promis.
En balançant le Droict dans la juste Balance,
Tout le Monde, estonné, admire ta Prudence
Aussi bien que l'esclat de ton Integrité:
Guidé par la Vertu tu triomphe du Vice,
Ne souhaittant rien plus que de rendre Iustice
Est-ce pas te placer dedans l'Eternité?

A MONSEIGNEVR CHARPENTIER, CHEVALIER, CONSEILLER DV ROY EN SES CONSEILS, ET PRESIDENT EN SA COVR de Parlement de Metz.

M *inerue cognoissant ta Prudence admirable*
I *llustrer tout à faict le beau Throsne des Loix,*
C *urieuse elle allà au plus braue des Roys*
H *ardiment annoncer ton Equité notable.*
E *lle n'eut pas plustost abouché ce* ROY *Iuste*
L *'honneur de l'Vniuers, qu'il te fist President:*
C *aressé de* THEMIS *dont tù és Confident*
H *eureusement tu brille en son Senat Auguste.*
A *yant mis la Iustice en sa premiere Gloire*
R *epoussant les Peruers dont l'on est affligé:*
P *our ses pieux Effects est-on pas obligé*
E *nregistrer ton Nom au Liure de Memoire?*
N *'est-ce pas la Raison? ouy veritablement;*
T *out Homme Vertüeux doit charitablement*
I *nuocquer le grand* DIEV *affin qu'il te preserue:*
E *n ce Siecle ou nous sommè il en faut comme Toy*
R *iches d'Integrité, de Candeur, & de Foy,*
Sans ces Trois vn Estat jamais ne se conserue.

A MONSEIGNEVR

LONDEAV, CHEVALIER,

SEIGNEVR DE NORGES, BAIGNEVX, FVSSE', LA CHASSAGNE; &c. CONSEILLER DV ROY en ses Conseils, President en sa Cour de Parlement de Metz, & Garde des Séeaux de celuy de Bourgongne.

F*auory de Phebus, & de Pallas aussi,*
R*iche en Vertus tù brille en ce Senat Auguste:*
A*yant esté choisi d'vn Monarque Tres-juste*
N*e faut pas s'estonner si tu parois ainsi.*
C*ertes, faut aduoüer que ta vraye Candeur*
O*blige les Humains à loüer ton Merite:*
I*l faudroit ne sçauoir faire du bien eslite*
S*i l'on ne te rendoit vn conuenable Honneur.*
B*rauant tous les Efforts des Plaideurs vicieux,*
L*ibrement tu condamne, & fais punir leur Vice:*
O*bligeant tous ceux-la qui demandent Justice*
N*'est-ce pas le moyen d'escalader les Cieux?*
D*ans ce Senat on void que ton Integrité*
E*xalte de* THEMIS, *la Gloire, & la Puissance:*
A*ussi* DIEV *qui cognoist ta pure Conscience*
V*n iour te donnera le Loyer merité.*

A
MONSEIGNEVR
PINON, CHEVALIER, SEIGNEVR D'ONCY, CONSEILLER DV ROY EN SES CONSEILS, ET PRESIDENT EN SA Cour de Parlement de Metz.

I *'aduoüe que l'Esclat de tes Perfections*
E *spands par l'Vniuers vne douceur propice:*
A *ussi de tes Vertus les pures fonctions*
N, *ous prescriuent qu'il faut que l'on t'aime & cherisse.*
P *allas t'ayant placé au Throsne de* THEMIS,
I *uste Iuge tu fais comme on s'estoit promis,*
N *otamment pour le Droict de celuy qu'on oppresse:*
O *bligeant l'Orphelin, la Vefue & l'Innocent,*
N *'est-ce pas t'approcher du Moteur Tout-puissant*
Et grauer dans les Cœurs l'effect de ta Sagesse?

A
MONSEIGNEVR
CAVCHON, CHEVALIER, SEIGNEVR DE TRESLON, FAVEROLES, &c. CONSEILLER DV ROY EN SES CONSEILS, & President en sa Cour de Parlement de Metz.

Heureusement doüé de Vertus eminentes,
Iustement tù fais voir combien tù és Parfaict:
En ce Senat Messin les parties Clientes
Recherchent ta Iustice, & en trouuent l'Effect.
On te void dignement reuestù d'Escarlate
Sincerement Iuger & faire l'Equité:
Minerue te fournist de sa Voix delicate,
Et THEMIS *te faict part de son Integrité.*
C'est pourquoy nostre ROY, *qui n'à point de semblable,*
Agrée tout à faict tes belles Actions:
Vertüeux, Iuste, & Bon, tù te rends admirable,
Car chacun faict estat de tes Perfections.
Hardy à condamner le Vice du Peruers,
Obligeant tous ceux-la à qui l'on faict outrage;
N'est-ce pas t'acquerir des Eloges diuers
Et gagner prudemment le Celeste Heritage?

A MONSEIGNEVR VIGNIER, CHEVALIER, MARQVIS DE MIREBEAV, SEIGNEVR DE SAINCT LIEBAVLT, &c. CONSEILLER du Roy en ses Conseils, & President en sa Cour de Parlement de Metz.

C *iceron à vanté d'vn Accent delicat,*
L *a Justice Romaine, & son Conseil sublime:*
A *present, s'il viuoit, il t'auroit en estime*
V *oyant que des Messins tù lustre le Senat.*
D *es-lors que tù nasquis, le Directeur des Cieux*
E, *spandit dessus Toy ses Dons en abondance:*
V *n chacun le sçait bien; & void que ta Prudence*
I *ournellement produist des effects precieux.*
G *uidé par ta Vertu qui ne craint la Surprise,*
N *oblement tu fais Droict à celuy qui l'attend;*
I *uste en tes Actions la Faueur tu mesprise:*
E *stant donc de* THEMIS *vn solide Arc-boutant*
R. *ien ne peut empescher qu'vn grand* ROY *ne te prise.*

A MONSEIGNEVR DE CHANTECLER, CHEVALIER, CONSEILLER, DV ROY EN SES CONSEILS, ET PRESIDENT EN SA COVR de Parlement de Metz.

R *oyalement placé au Throsne de Iustice,*
E *sleu pour tes Vertus qui brillent clairement,*
N *ous remarquons l'effect de ton beau Iugement*
E, *n soustenant le Droict, & condamnant le Vice.*
C *eux qui ont de l'esprit, & qui sont sans malice,*
H *onnorent ta bonté fort cordialement:*
A *bhorrant le Peruers, & son desreglement,*
N *ous esperons par Toy vne bonne Police.*
T *ousiours accompagné de* THEMIS, *& Pallas,*
E *smerueiller tu fais les Sages d'icy bas,*
C *hacun d'eux te cherist, & loüe ta conduitte:*
L *e plus Iuste des Roys, de Justice Amateur,*
E *stimant tout à faict, ton zele & ta Candeur,*
R, *ien ne sçauroit ternir l'esclat de ton Merite.*

A MONSIEVR

DE BVLLION,

DOYEN DES CONSEILLERS

DV ROY EN SA COVR DE

PARLEMENT DE METZ,

& Garde des Séeaux de ladite Cour.

I *e voudrois bien auoir d'Homere la Science,*
E *t les mots elegants de Virgile & Ronsard;*
A *toutes Nations i'annoncerois sans fard*
N, *oblement les Vertus dont tù as abondance.*
D *espourueu de cest Heur, ie ne lairay de dire*
E *t soustenir par tout que tù n'as ton Pareil:*
B *enin, Candide, Juste, & plein de bon Conseil,*
V *n chacun à bon-droict, te cherist, & t'admire.*
L *a prudente* THEMIS *ayant bien apperçeu*
L *'esclat de ton Merite, en faict tres-grande estime:*
I *llustrant ce Senat, & decorant ce Lieu,*
O *n t'y void dans vn Rang ou ton Esprit sublime*
N. *e s'espargne à seruir, & son* ROY, *& son* DIEV.

A MONSIEVR
DE MARESCOT,
CONSEILLER DV ROY
EN SA COVR DE PARLEMENT
DE METZ.

M*inerue qui te ſuit, ſa Caliope appelle*
I*cy bas, pour chanter ſur ſon Luth ton Honneur:*
C*ertes elle à raiſon, par ce que ta Candeur*
H*eroïque, ne peut eſtre dicte que d'elle.*
E*n ce graue Senat, ou l'Oppreſſé appelle,*
L*'on te void, Iuſte Juge, & ſage Senateur,*
M*aintenir la Iuſtice, & cauſer du bon-heur;*
A*inſi le Siecle d'or à Metz tù renouuelle.*
R*iche de tant de Dons que l'Ether t'à donnez,*
E*n faueur de* THEMIS *tù les as deſtinez,*
S*i bien que tout chacun en te priſant t'admire:*
C*ontinüant touſ-jours ceſt Ordre ſi parfaict,*
O*bligeant l'Affligé comme ja tù as faict,*
T*ù ſeras Citoyen de l'Eternel Empire.*

A MONSIEVR

RIGAVLT,

CONSEILLER DV ROY EN SA COVR DE PARLEMENT DE METZ.

Nostre bon Roy LOVIS *admirant ta Science,*
Iustement t'a choisi, & t'a faict Senateur:
Ce Senat en faict gloire, & ta pure Candeur
Oblige tout chacun à cherir ta Prudence.
Le Throsne de THEMIS *orné de ta Presence*
Apparoist aux humains tout remply de Splendeur:
Si bien que le Peruers en à de la Terreur;
Reconfort l'Innocent; la Vefue es-iouissance.
Iugeant tres-iustement, & faisant Equité,
Guidé par la Vertu dont tú n'es point quité;
A tout moment il faut qu'on te loüe & benisse:
Voyant qu'en tous endroicts ta Bonté se faict voir,
La Raison me contrainct, par zele, & par Debuoir
Te prier d'agréer mon fidelle seruice.

A MONSIEVR
FREMIN, SEIGNEVR DES COVRONNES,
CONSEILLER DV ROY EN SA COVR DE PARLEMENT DE METZ.

G *uidé par tes Vertus que l'Vniuers admire,*
V *eritable en Conseil, & prudent Senateur,*
I *ncessamment tú fais paroistre ta Candeur;*
L *e bon en loüe* DIEV, *le Peruers en souspire.*
L *ors que l'on te choisist pour quelque Procedure*
A *ussi tost ton Esprit y void la Verité:*
V *ersé de longue-main à rendre l'Equité*
M *inerue t'acompagne en ta Iudicature.*
E, *stant donc si parfaict, ie voy que tout le Monde*
F *aict estat de ton Nom; & que les doctes Sœurs*
R *ecuillant à l'enuy le prix de tes Honneurs*
E *n font vne Allegresse à nulle autre Seconde.*
M *oy qui cheris aussi l'effect de ta Prudence,*
I *'ose te supplier d'agréer ce Labeur,*
N. *e le refuse pas; il vient d'vn Seruiteur*
Plus riche de Vouloir qu'il n'est pas de Puissance.

A MONSIEVR MAGVIN, CONSEILLER DV ROY EN SA COVR DE PARLEMENT DE METZ.

Nostre Iuste **LOVIS** *ayant cogneu ta Foy,*
Iustement faict estat de ton Intelligence:
Ces effects que tú as produis par ta Prudence
Obligent ce Monarque à se seruir de Toy.
Les plus sages Esprits te voyant dans l'employ,
Admirent tes Vertus dont il ont cognoissance:
Si quelque autre s'en plaint, pressant sa Conscience,
Mets luy deuant les yeux qu'il faut seruir son **ROY.**
Aussi tost il verra que le pouuoir celeste
Guide ta volonté, & qu'elle est tousiours preste
Viuement faire voir, son zele, & sa Ferueur:
Ie sçay qu'apres cela, ny Móme, ny Zoïle
N'oseront t'attaquer dans le Royal Asile,
Au contraire il faudra qu'il te rendent Honneur.

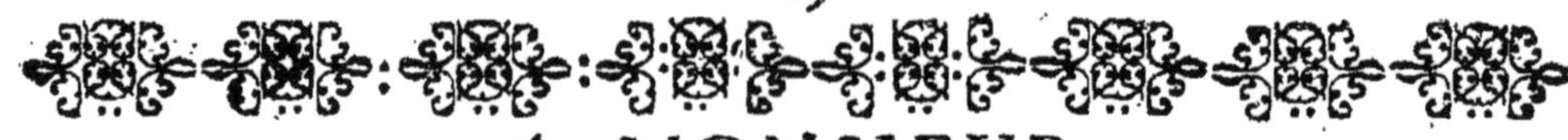

A MONSIEVR DE LALOVËTTE, SEIGNEVR DV BAC, CONSEILLER DV ROY EN SA COVR DE PARLEMENT DE METZ.

C*es Vertus que l'on void auec tant d'Abondance*
H*eureusement briller parmy tes Actions,*
A*prennent aux Humains que la Toute-puissance*
R*efléchist son Esclat sur tes Perfections.*
L*a Raison est formelle, & l'Homme docte & sage*
E*xempt de passion, le cognoist clairement:*
S*i donc tú és parfaict, d'effect, & de langage,*
D*oibt on pas t'honnorer? ouy veritablement.*
E*ntre les Senateurs de ce Senat sublime*
L*'on sçait que ton Sçauoir est fort consideré:*
A*ussi Minerue veult que par tout l'on t'estime,*
L*'Equité à desir que tu sois reueré.*
O*bligeant tout chacun dans l'Ordre de Justice,*
V*n chacun est tenu pour vn tel benefice*
E*spandre ton Renom par le vaste Vniuers:*
T*on Merite excellent conuie à telle chose,*
T*ellement que poussé de mon debuoir ie t'ose*
E*n toute humilité te presenter ces Vers.*

A MONSIEVR DOVMENGIN, SEIGNEVR DE GERMINON, CONSEILLER DV ROY EN SA COVR DE PARLEMENT DE METZ.

Inſpiré de l'Eſprit qui regiſt l'Vniuers,
Acompagné touſiours de la ſage Minerue,
Chacun t'aime & cheriſt: l'Affligé tu conſerue
Quand tú ſçais qu'il à Droict, & punis le Peruers.
Vray Iuge, tù maintiens fortement l'Equité,
Et THEMIS eſt par Toy à tous adminiſtrée;
Si bien qu'on aperçoit que la diuine Aſtrée
Deſire d'habiter ceſte belle Cité.
O heureux changement! la faueur autre-fois
Verſoit dedans les Cœurs ie ne ſçay quoy d'Injuſte:
Mais l'on void aujourd'huy que ce Senat Auguſte
Eſtouffe les Abus, & releue les Loix.
Noble Iuriſconſulte, excellent Senateur,
Guidé par les rayons de ta Bonté propice
I'oſe te conſacrer, mes vœux, & mon ſeruice,
Ne les rejette pas, ils ſont pleins de ferueur.

A MONSIEVR
DE MALBRANCHE,
CONSEILLER DV ROY EN SA COVR DE PARLEMENT DE METZ.

M irant le pur esclat qui sort de ta Prudence,
A dmirant ta Bonté qui desriue des Cieux :
T out rauy ie voudrois publyer en tous lieux
H ardiment les Vertus dont tú as Abondance.
V nissant Apollon, à THEMIS, & Minerue,
R iche de leurs beaux Dons qui sont à desirer;
I ncessamment il fault, t'aimer, & honnorer,
N, ul n'y doibt s'opposer, car les Loix tú conserue.
D IEV, qui cherist les Siens, à choisi ta Personne
E t t'à faict Senateur d'vn suprême Senat:
M etz en est resiouy, le ROY en faict Estat
A greánt ta Justice ou l'Equité rayonne.
L a Vefue & l'Orphelin, te disant leur soufrance,
B enignement ils sont contre tous soustenús:
R egardant leurs Plácets, & leurs Droicts recognus
A ussi tost sur cela tu rends juste Sentence.
N 'estimant la Faueur, ny la Priere injuste,
C ontrecarrant l'Effort du puissant Chicaneur,
H eureusement tu fais paroistre ta Candeur
E. t te rends Citoyen du Louure tres-Auguste.

A MONSIEVR
DE BEAVVAIS,
CONSEILLER DV ROY EN SA COVR DE PARLEMENT de Metz.

I'ay cent fois souhaité, pour chanter ton Merite,
Auoir les doux accents, d'Orphée, & d'Amphion:
Ce Souhait ne pouuant auoir son Action
Que dois-ie faire? il fault implorer ta Charité.
Vsant de sa faueur, qui releue ma Plume,
En toute humilité ie dis que ton Sçauoir
Sincerement maintiens de THEMIS *le Pouuoir,*
De sorte que les Loix surmontent la Coustume.
Entre les Senateurs de ce Senat Auguste
Benignement tú fais esclater l'Equité:
Et ayant recogneu d'vn faict la Verité
Aussi tost tú prononce vne Sentence Juste.
Voyant donc que tú és, si Sage, & si parfaict,
Veritable ie veux, & de voix, & d'Effect,
Apprendre aux Nations *qu'il fault que l'on t'estime:*
Il le fault, on le doibt; d'autant que ta Candeur
Soustenant l'Oppressé, punissant l'Oppresseur,
Faict bien voir que tú és, Pieux, & Magnanime.

A MONSIEVR

BARRIN,

SEIGNEVR DE LA GALISSONNIERE, ET DE REZE'

CONSEILLER DV ROY EN SA COVR de Parlement de Metz.

Illustrant sans cesser ceste Cour Souueraine
Auecques la splendeur de tes Perfections:
Ce mesme Senat dict, d'vne douceur humaine,
Que l'on doibt reuerer tes belles Actions.
Vray Iuge, & Senateur, tu condamne le Vice,
Et le pauure Oppressé est soustenû par Toy:
Si bien qu'en mesme temps l'Esclat de ta Iustice
*Bat l'effort de l'*Inique*, & conserue la Loy.*
Ainsi plein de Prudence*, & de Sçauoir sublime*
Riches Dons de l'Ether; vn Monarque pieux
Royalement te prise & de toy faict estime
Imitants ce grand ROY*, il fault à qui mieux-mieux*
Noblement te loüer, & en Prose, & en Rime.

IACQVES, BARRIN.

A MONSIEVR

FOVCQVET,

CONSEILLER DV ROY

EN SA COVR DE PARLEMENT DE METZ.

N *ourry des le berceau par Minerue la sage,*
I *cy bas aux Humains tù sers de clair Miroir :*
C *est esclat que l'on void sortir de ton Sçauoir*
O *blige à te seruir, d'effet, et de courage.*
L *a Vertù qui te suit, vnie à ta Prudence,*
A *ffermissent* THEMIS, *& les supremes Loix:*
S, *i bien que nostre* ROY, *le plus Iuste des* ROYS,
F *aict grandement estat de ta Iurisprudence.*
O *rné de ces Vertùs qui te font admirable,*
V *n chacun en cherist les pures Actions :*
C *'est pourquoy le Renom aprend aux Nations*
Q *ue de ce grand Senat tù és Iuge équitable.*
V *oyant donc que tù rends vne bonne Iustice,*
E *t que des Affligez tù conserue le Droict:*
T. *out rauy de cela, Ie viens à Toy tout-droict*
Affin de te prier d'agréer mon Seruice.

A MONSIEVR

MERAVLT,

CONSEILLER DV ROY

EN SA COVR DE PARLEMENT

DE METZ.

IEAN, MERAVLT.

adis Vlisses fut du Grec Agamemnon
stimé tout à faict pour sa grande Prudence:
u jourd'huy nous voyons que LOVIS DE BOVRBON
e faict pas moins d'estat de ton Intelligence.
inerue qui cherist tes belles Actions,
t THEMIS *qui te sçait estre Ennemy du Vice,*
ichement te font part de leurs Perfections;
insi fort prudemment tu fais à tous Iustice.
n chacun cognoissant ta sincere Candeur
a loüe Incessamment: mais ton Esprit tres-sage
ouché du sainct Esprit mesprise cest Honneur
Pour meriter celuy de l'eternel Estage.

A MONSIEVR

PAIOT,

CONSEILLER DV ROY

EN SA COVR DE PARLEMENT

DE METZ.

IEAN, PAIOT.

llustrant ce Senat auec ton Equité,
t l'esclat gracieux de ta Iurisprudence;
u plus Iuste des ROYS *plaist ton Integrité,*
os Messins sont contans de ta sage Prudence.
oussé de cét Esprit qui regist l'Vniuers,
igrement tù condamne & punis le Peruers,
ustement tù soustiens celuy que l'on moleste:
grand Iurisconsulte! ô sage Senateur!
es sinceres effects font bien voir que ton Cœur
Veult estre Citoyen de la voûte Celeste.

A MONSIEVR TAMBONNEAV, CONSEILLER DV ROY EN SA COVR DE PARLEMENT DE METZ.

Fauory de l'Ether icy bas tù parois
Richement decoré des Vertus les plus belles:
A raison de cela les Muses immortelles
Ne manquent de loüer ton Nom en tous endroits.
Cest excellent Sçauoir qui ne craint nul Effort,
Oblige tout chacun à te rendre Seruice:
Illustrant chaque iour le Throsne de Iustice
Sincerement tù vaincq, & l'Oubly, & la Mort.
Hardy à prononcer vn iuste Iugement,
Iustement tu fais voir des fonctions diuerses:
Exacte, tù punis les Actions peruerses,
Recognoissant le Droict tù l'aide constamment.
On apperçoit fort bien que ton Esprit parfaict
Sans cesse faict du Fruict en ce Senat Auguste:
Metz est tout consolé de voir que tù és Iuste,
Et nostre grand Monarque en est tout satisfaict.
*T*HEMIS *qui te cherist pour estre Vertüeux,*
Attend vn bon support de ta graue Sagesse:
Minerue qui t'a faict de ses Presens largesse
Brauement contribuë à ce Dessein pieux.
Or' puis qu'il est tres-vray que par tout l'on t'estime
Nompareil en Prudence, & Doctrine sublime,
N'est-ce pas le debuoir d'admirer ta Candeur?
En effect on le doit, la Raison le souhaitte:
Affin donc d'esuiter des ingrats l'Epithete
Veritable ie louë, & chante ton Honneur.

A MONSIEVR

DE GVILLON,

CONSEILLER DV ROY EN SA COVR DE PARLEMENT de Metz.

C est esclat radieux qui sort de ton Merite
Heureusement Illustre, & orne ce Senat:
Aussi ces Senateurs en font vn grand estat
Recognoissant fort bien, ta Prudence, & Conduite.
L'Oracle de Delphos mentoit en sa Consulte
Et ses mots Enigmez n'estoient que vanité:
Si tost qu'on va vers toy, tù dis la Verité,
De sorte qu'on te dict Sage Iurisconsulte.
En voyant faire tort à vne Creature,
Genereux, tu soustiens sa Cause tout à faict:
Voyant d'autre costé quelqu'vn qui à forfaict
Iuste, tù le punis selon sa Procedure.
La Iustice estant donc si bien administrée,
La Vefue, & l'Orphelin, ont du Contentement:
On dit pour ces effects que tù es Truchement,
Nourriçon, & Support, de THEMIS, *& d'Astrée.*

A MONSIEVR

LE CLERC,

SEIGNEVR DE LESSEVILLE,

CONSEILLER DV ROY EN SA COVR DE PARLEMENT DE METZ.

P *army tant de Vertus qui font que l'on t'estime,*
I *ncessamment l'on void ta pure Integrité,*
E *t ta docte Eloquence, unie à l'Equité,*
R *ayonner clairement dans ce Senat sublime.*
R *iche de ces beaux Dons tu maintiens la Police,*
E *t* THEMIS *est par Toy administrée à tous;*
L *es Accusez à tort sont renuoyez absous,*
E *t le Peruers se void chastyer de son Vice.*
C *ontinüant ainsi l'on verra desormais.*
L *e Premier Aage d'or retourner en vsage,*
E *t remplir de bon-heur ceste Cité de Metz:*
R *ien ne pourra troubler des Messins le Courage,*
C *ar la Paix, &* THEMIS, *ils auront à iamais.*

A MONSIEVR

ARNAVLD,

CONSEILLER DV ROY EN SA COVR DE PARLEMENT DE METZ.

Ayant veu tes Vertus, qui n'ont point de pareilles,
Noblement estaler icy bas leurs Douceurs:
Tout rauy ie prié les Parnaßides Sœurs
Heureusement m'ayder pour dire tes Merueilles.
On m'accorda cela; mais la docte Neufuaine
Incontinent me dist, les Merites D'ARNAVLD
N'ont point de Parangons, ils sont d'vn prix fort-hault,
Et faut pour les loüer vne excellente Veine.
Aussi tost ie repars; ie sçay que l'Impuissance
Regne dans mon Esprit: Toutes-fois mon souhait
Ne doit estre empesché d'estre mis en effet,
Apollon supléra à mon insufissance.
Vertüeux Senateur qui rends à tous Iustice,
Laisse à par ces Raisons produictes contre moy:
Donne la main aux vœux que va t'offrant ma Foy.
Et reçois mes Deuoirs qui sont sans artifice.

A MONSIEVR

DE MORILLON,

CONSEILLER DV ROY EN SA COVR DE PARLEMENT DE METZ.

I l ſemble que le Ciel pour te rendre Parfait
E mploye le plus beau du Cabinet ſupréme:
A iſement on cognoiſt le veritable Effet,
N, ous n'y remarquons point, d'Enigme, n'y d'Embléme.
D ans ce Iuſte Senat où l'on void à ſouhait
E xercer l'Equité ainſi que THEMIS l'aime:
M agnanime tu fais condamner le meſfait,
O bligeant l'Innocent tu parle pour luy-meſme.
R ichement decoré, de Doctrine, & Candeur,
I uſtement tu fais voir en ce Throſne d'Honneur
L 'vtilité qu'on à de ta Judicature:
L 'Ether en eſt contant, ſatisfaict vn grand ROY,
O rné ce Parlement, releuée la Loy;
N. e deuons nous donc pas t'honnorer ſans Meſure?

A MONSIEVR DE RVELLAN, SEIGNEVR DV TRERSANT, CONSEILLER DV ROY EN SA COVR DE PARLEMENT DE METZ.

G rand mignon de THEMIS, & de Minerue aussi,
I ustement tù fais voir, ta Justice, & Prudence:
L 'Innocent, pour son Droict, en faict experience,
L 'Injuste, pour son mal, l'esprouue sans mercy.
E sleu pour conseruer, la Police, & les Loix,
S, incere, tù les mets dans leur premiere estime:
D e sorte que tù és de ce Senat sublime
E stimé tout à faict, & du plus grand des ROYS.
R iche de tant d'honneurs, & de perfections,
V n chacun à bon droict, te cherist, & t'honnore,
E st-ce pas la raison? ouy, & si faut encore
L oüer incessamment tes belles Actions.
L 'Esclat de tes Vertus m'ayant remply l'Esprit,
A uec affection ie t'offre mon Seruice,
N. e le refuse pas, il est sans artifice,
En te l'offrant ie fais ce que le Ciel prescrit.

A MONSIEVR

DE MAVPEOV,

CONSEILLER DV ROY EN SA COVR DE PARLEMENT DE METZ.

Phebus qui dominoit au poinct de ta Naissance,
Illustra ton Esprit de son docte Sçauoir:
Et Mercure à l'enuy, estalant son pouuoir,
Richement te doüa de sa douce Eloquence.
Reuestu de tels Dons qui te rendent sublime,
Entre les Senateurs de ce sacré Senat
Dignement tu parois ; & ton brillant esclat
Estonne le Meschant, & le Pieux l'estime.
Minerue qui cherist ta Sagesse admirable
Alla trouuer THEMIS, & luy dist doucement,
Voy tu ce Senateur ? il iuge iustement,
Par l'Vniuers on sçait qu'il est tres-Equitable.
En mesme temps THEMIS dist d'vne voix propice,
Obligée ie suis à ce grand Senateur :
Veritable en Conseil, & remply de Candeur,
Il aura dans le Ciel loyer de sa Iustice.

A
MONSIEVR IOLY,
CONSEILLER DV ROY
EN SA COVR DE PARLEMENT
DE METZ.

*F*aiſant reflexion ſur tes Vertus celeſtes,
*R*auy ie les admire : auſſi les doctes Sœurs
*A*yant en ton Eſprit eſpanché leurs Douceurs
*N*oblement on en void les Effects manifeſtes.
*C*eſt eſclat radieux qui ſort de ta Science
*O*rne ce grand Senat, & releue THEMIS:
*I*uſte, tú punis ceux qui ſont du vice Amis,
*S*ouſtenant l'Innocent tú monſtre ta Prudence.
*I*adis les plus fameux des Aréopagites
*O*bligerent la Grece à dire du bien d'eux:
*L*a France qui cognoiſt que tù és Vertüeux
*Y*nceſſamment fera retentir tes Merites.

A MONSIEVR
DE RICOVART,
CONSEILLER DV ROY EN SA COVR DE PARLEMENT DE METZ.

Apollon, & Minerue, ayant grand soing de Toy,
Nous monstrent clairement l'esclat de tes Merites:
Tout le sacré Trouppeau, des Muses, & Charites,
Heureusement te suit, & vit dessoubs ta Loy.
Or parmy les Vertus qui te font admirer
Incessamment paroist la sincere Prudence;
Nous voyons puis aprés que ta docte Eloquence
Estale sa douceur & se faict desirer.
De sorte que LOVIS, *Monarque des Gaulois,*
Esprouuant ton Esprit, en à faict de l'estime:
Recherchant d'illustrer ce Parlement sublime
Il t'à faict Senateur pour maintenir les Loix.
Ceux qui te vont trouuer pour demander Iustice
Obtiennent leur desir: tu te monstre propice
Vers le pauure Innocent, & punis le Peruers:
Ainsi tout plein d'Honneur, d'Equité, de Sagesse,
Rien ne peut empescher qu'on ne louë sans cesse
Ton excellent Merite, & en Prose, & en Vers.

A MONSIEVR

DE PARIS,

CONSEILLER DV ROY

EN SA COVR DE PARLEMENT

DE METZ.

A *yant tant de Vertus en ta Possession,*
N *otamment le plus pur de la Iurisprudence,*
N *ompareil on t'estime ; oultre que ta Prudence*
E *spands par tout l'Esclat de ta Perfection.*
D *ans ce sacré Senat que le Iuste* LOVIS
E *stablit Iustement pour rendre la Iustice :*
P *oussé de l'Equité tù condamne le Vice,*
A *insi les Opressez sont par toy resioüys.*
R *ecognoissant l'effet de ta vraye Bonté,*
I *e voudrois doctement publier ton Merite :*
S *i Clion ne le veut, non plus que la Charite,*
Ne laisse d'agréer ma bonne Volonté.

A MONSIEVR

DE BOVRLON,

CONSEILLER DV ROY

EN SA COVR DE PARLEMENT DE METZ.

N *ous voyons ce Senat, tout remply d'Equité,*
I *ustement honnorer, ta Prudence, & Sagesse :*
C *'est doncques la Raison qu'en l'imitant sans cesse*
O *n loüe tes Effects auec sincerité.*
L *'Esclat que l'on remarque en ta pure Candeur*
A *rreste puissamment les Effects de l'Inique :*
S, *oustenant l'Oppressé, ta bonté Heroïque*
D *emonstre que tu és vn Iuste Senateur.*
E *stalant tes Vertus pour maintenir la Loy,*
B *rauant les Opulents, & punissant l'Injuste,*
O *bligeant l'Innocent par ton Support tres-juste,*
V *n chacun te reuere & faict estat de Toy.*
R *ichement Illustré de ces Perfections,*
L *e Courrier à cent voix va publiant ta Gloire;*
O *n en parle par tout : si bien que ta Memoire*
N. *e s'esteindra jamais parmy les Nations.*

A MONSIEVR MARCHANT, SEIGNEVR DV ME'S CONSEILLER DV ROY EN SA COVR DE PARLEMENT DE METZ.

IEAN,BERTHRAN,MARCHANT.

ay fort bien remarqué que par ta Procedure
t par ton grand Sçauoir tu lustre ce Senat:
ussi voy-je THEMIS *en faire grand estat*
otamment des effects de ta Iudicature.
enin à l'Oppressé, tù soustiens sa Querelle,
t repousse l'Effort, le Vice, & la Faueur:
ien ne peut empescher l'esclat de ta Candeur,
esmoignage asseuré que tù as l'Ame belle.
eureusement orné de Vertu eminente
ichement tu fais voir à tous ton Equité:
ssistant l'Innocent en son aduersité
'est-ce pas t'acquerir la gloire triomphante?
inerue contemplant ton insigne Prudence,
dmire chasque iour ton iuste Jugement:
endant Justice à tous il faut sincerement
onfesser que tù és de bonne Conscience.
é! que n'ay-je l'accent pour chanter tes loüanges,
rdent, ie les dirois en toute place & lieu:
'ayant pas ce bon-heur, ie prie le grand DIEV
e mettre apres la mort dans le Senat des Anges.

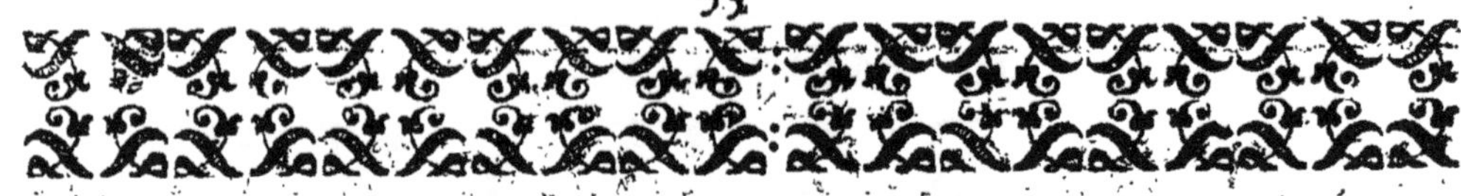

A MONSIEVR IASSAVLT, SEIGNEVR DE RICHEBOVRG, CONSEILLER DV ROY EN SA COVR DE PARLEMENT de Metz.

N onobſtant que ma *Muſe* aye peu de *Sçauoir*,
I e ne veux pas laiſſer de chanter ton *Merite*:
C ar ſachant que le *Ciel* contre l'*Ingrat* s'irrite
O bligé ie me veux acquitter du deuoir.
L 'eſclat de ta *Vertu* qui n'a point de pareil,
A grée tout à faict à *Pallas* la prudente:
S incere *Senateur* les humains tu contente,
I nceſſamment THEMIS ſe ſert de ton *Conſeil*.
A yant à contre-cœur, le *Vice*, & le *Peruers*,
S ouſtenant le bon droict, & gardant l'*Innocence*;
S incerement tu fais paroiſtre ta *Prudence*;
A inſi l'on va t'offrant des *Eloges* diuers.
V n chacun cognoiſſant que ta iuſte *Equité*
L uſtre ce grand *Senat*, qui grandement t'eſtime;
T 'augure de bon cœur que ta *Vertu* ſublime
Rencontre ſon loyer dedans l'*Eternité*.

A MONSIEVR DE BERMOND, CONSEILLER DV ROY EN SA COVR DE PARLEMENT DE METZ.

Il se remarque en Toy tant de Perfections
Et d'illustres Vertús, que par tout l'on t'estime:
Au Throsne de THEMIS *ta Prudence sublime*
Nous faict voir clairement ses belles Actions.
Bénin à l'Innocent, tù Iuge en Equité,
A l'endroict du Peruers, tù monstre ta Justice:
Pour ces raisons celuy qui ayme la Police
Te loüe, & faict grand cas de ton Integrité.
Illustrant tout à faict ce supréme Senat
Soubs l'Auspice duquel vit la belle Austrasie;
Tout le Peuple contant prise ta Courtoisie,
Et le Sage cherist tes maximes d'Estat.
De sorte qu'á bon droict le Courrier à cent Voix
Entonne tes Honneurs par tous les coins du Monde:
Beny pour ta Candeur, à nulle autre seconde,
En tous lieux on te tient pour Protecteur des Loix.
Riche de ces Lauriers vainqueurs de l'oubliance,
Minerue & Apollon, poussez de bien-veillance
Obligent les neuf Sœurs à te suiure tousiours:
Nous qui prouuons icy le bien de ta Conduite,
Deuons nous pas chanter ton excellent Merite?
Ouy; car aux affligez tù donne du Secours.

A MONSIEVR

MORIN,

SEIGNEVR DE VILLARS,

CONSEILLER DV ROY EN SA COVR DE PARLEMENT DE METZ.

Guidé de celle la qu'Athenes reueroit,
Auec Integrité tu rends à tous Iustice:
Brauement ta Candeur exalte la Police,
R'assereine THEMIS, *& conserue le Droict.*
Iugeant dans ce Senat, ou tù fais l'Equité,
Et tenant le Party de ceux que l'on oppresse:
L'on dict auec raison que ta grande Sagesse
Merite estre loüée à toute Eternité.
O que si ie pouuois, assisté du bon-heur,
Rencontrer les moyens pour chanter ton Merite,
Ie n'y manquerois pas: Mais ma Veine petite
N'ose se hazarder de crainte du Censeur.

A MONSIEVR

LE DVCHAT,

CONSEILLER DV ROY EN SA COVR DE PARLEMENT DE METZ.

Aſſis dedans ce Throſne ou loge la *Prudence*,
Benignement tu fais paroiſtre ta *Candeur*:
Recognoiſſant le tort du mauuais *Chicaneur*,
Auſſi toſt tu prononce vne iuſte *Sentence*.
Hauſſant par ton *Sçauoir* la puiſſance d'*Aſtrée*,
Aidant les *Oppreſſez*, & releuant les *Loix*,
Minerue t'en ſçait gré: le plus *Iuſte* des ROYS
Loüe tes *Actions*, & THEMIS les agrée.
Entre les *Senateurs* de ce *Senat ſublime*
Dignement tu parois; & la meſme *Equité*
Vſe de ta *Vertu* contre l'*Iniquité*,
Chacun le recognoiſt, pour cela l'on t'eſtime.
Hardy, plus que ſçauant, ie voudrois pouuoir dire
A toutes *Nations* que tu és tout-parfait:
Toutesfois ne pouuant accomplir ce *Souhait*
Au moins feray-je voir comme ie le deſire.

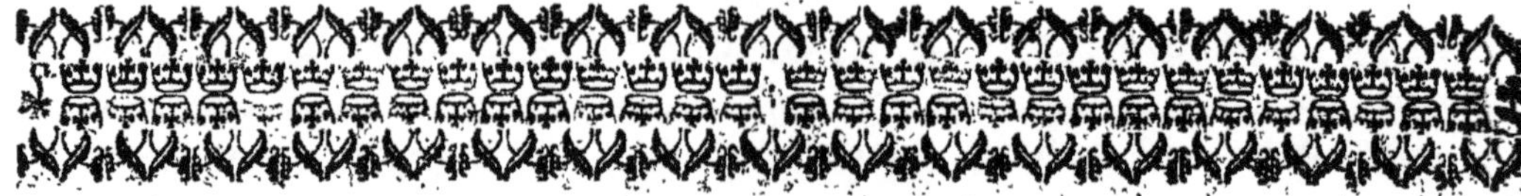

A MONSIEVR

ADDÉE,

CONSEILLER DV ROY EN SA COVR DE PARLEMENT DE METZ.

H e ! que n'ay-je le Don de bien faire des Vers,
I e dirois doctement l'Honneur de tes Merites :
L es Vierges d'Helicon, Minerue, & les Charites,
A nnonceroient par moy tes Eloges diuers.
I e voudrois, mais n'ayant pour cela le Pouuoir,
R iche de Volonté ie ne lairay de dire
E t publyer par tout que ta Bonté s'admire
A insi que ta Prudence, & ton rare Sçauoir.
D e plus, j'ose asseurer que ta pure Candeur
D onne vn excellent lustre à ce Senat supréme :
E stant donc si Parfaict, fault-il pas que l'on t'aime
E t qu'on taille honnorant d'vn conuenable Honneur?

A MONSIEVR

MORIN,

SEIGNEVR DE TREST,

CONSEILLER DV ROY EN SA COVR DE PARLEMENT DE METZ.

ROLAND, MORIN.

emply d'Integrité, de Doctrine, & Prudence,
n te void Illustrer cest Insigne Senat:
a Justice par toy se maintient en Estat,
ussi bien que les Loix, le Droict, & l'Innocence.
e voulant escouter la Priere illicite
e ceux dont tù cognois clairement les mesfaicts:
agnanime tu juge, & tes justes Decrets
bligent l'Vniuers de loüer ton Merite.
iche de tant de Dons qui te font admirable,
e voudrois de bon Cœur les dire elegamment:
'ayant pas le Pouuoir, ie diray seulement
Qu'entre tous les Mortels tù n'as pas ton semblable.

A MONSIEVR

DE BRVC, SEIGNEVR DE LA GRE'E, ET DE LA GVERCHE,

CONSEILLER DV ROY EN SA COVR DE PARLEMENT DE METZ.

F *audroit pour bien loüer ta Vertú desirable*
R *eceuoir d'Apollon l'agréable Faueur:*
A *yant de ses Discours la charmante douceur*
N *oblement ie dirois que tú és admirable.*
C *e Souhait est fort beau, mais comme il n'est faisable*
O *n ne doibt pas laisser de chanter ton Honneur:*
I *e dis donc que l'Esclat qui sort de ta Candeur*
S, *urhaussé la grandeur de* THEMIS *équitable.*
D *e sorte que Pallas te cognoissant parfaict*
E *t sage Senateur; en Lettres d'or à faict*
B *uriner ton Merite au Roc de Mnémosine;*
R *eceu dans ce Senat ou regne l'Equité,*
V *n chacun te cherist, tant pour ta Probité*
C. *omme pour ta Vertú qui le Vice ruyne.*

A MONSIEVR DE FORGES, SEIGNEVR DE GERMINON, CONSEILLER DV ROY EN SA COVR DE PARLEMENT de Metz.

Il semble que le Ciel pour te rendre Parfaict
Aye renclos en toy ses Vertus eminentes :
Ce n'est point aduler, elles sont euidentes,
Quiconque te pratique en remarque l'Effect.
Veritable en Conseil, remply d'Integrité,
Excellent en Sagesse, & en Iurisprudence ;
Sans cesse tù soustiens, le Droict, & l'Innocence,
Dans ce juste Senat paroist ta Probité.
Estant tout esclatant de ces Perfections,
Fault-il pas t'honnorer ? est-il pas equitable ?
Ouy vrayment, on le doibt ; vn homme raisonnable
Recherche de loüer les belles Actions.
Guidé par le Debuoir, ie voudrois de bon Cœur
Escrire ton Renom au Liure de Memoire :
Sachant ne pouuoir pas acquerir ceste gloire
Ie te supplie au moins d'agréer ma Ferueur.

A MONSIEVR

DE HERRE,

CONSEILLER DV ROY

EN SA COVR DE PARLEMENT

DE METZ.

Ceste Vertú qu'on void en toy si florissante,
Lustre parfaictement ce sublime Senat :
Aussi la belle Astrée en faict bien de l'Estat ;
Vn chacun la cherist, l'Uniuers s'en contente.
Des-lors que tù nasquis, la prudente Minerue
Estreina ton Esprit de son docte Sçauoir :
De sorte que THEMIS t'à choisy par debuoir,
Et t'à mis dans son Throsne ou le Droict tù conserue.
Heureusement orné de Dons si Precieux,
Entre les Senateurs tu parois vn Oracle :
Repoussant constamment l'effort du Vicieux,
Rendant Iustice à tous, en despit de l'Obstacle,
Est-ce pas le moyen de conquester les Cieux?

A MONSIEVR

LALLEMANT,

CONSEILLER DV ROY

EN SA COVR DE PARLEMENT

DE METZ.

P*uis qu'on void tes Vertus illustrer ce Senat,*
I*e veux auec Raison parler de ta Prudence;*
E*t dire librement que ta Iurisprudence*
R*ichement nous fournist de maximes d'Estat.*
R*epoussant justement, l'Insolence, & l'Orgueil,*
E*t soustenant le Droict contre qui l'on attente;*
L*'équitable* THEMIS *en est toute contente,*
A*ussi bien que Pallas de ton docte Conseil.*
L*'on remarque en effet que par ton Action*
L*a Police, & les Loix, se releuent sans cesse:*
E*t que le pur esclat de ta juste Sagesse*
M*aintient l'Integrité en sa Possession.*
A*insi continüant dedans ceste Equité,*
N*ous verrons que le Ciel benira ta Iustice:*
T*ousiours il te sera fauorable, & propice,*
Ainsi ie le souhaite en toute humilité.

A MONSIEVR

LE RAGOIS,

SEIGNEVR DE BRETONVILLIERS,

CONSEILLER DV ROY EN SA

COVR DE PARLEMENT DE METZ.

C ontemplant ta Vertu qui n'á point de ſemblable,
L 'eſclat de ton Merite imprima dans mon Cœur
A uſſi toſt vn deſir de loüer ta Candeur,
V ranie en cela me ſera fauorable.
D oüé de tant Dons qui te font admirable,
E, n ce grand Parlement tu cauſe du bon-heur:
L 'Equité que tù fais, au Pauure, & au Seigneur,
E ſpands ta Renommée & te rend agréable.
R egardant les Placets que l'on te met en Main,
A ſſiſtant l'Innocent, puniſſant l'Inhumain,
G enereux tu maintiens, les Loix, & la Iuſtice:
O r le Ciel eſtimant ton equitable Effect,
I nflüe deſſus Toy ce qu'il à de parfaict,
S. i bien qu'il te ſera inceſſamment propice.

A MONSIEVR

CHENEVIS,

CONSEILLER DV ROY

EN SA COVR DE PARLEMENT

DE METZ.

Parmy tant de Vertus qu'on void en toy reluire,
Appároiſt clairement ta candide Equité.
Vnie à la Doctrine & à la Probité,
Leur eſclat merueilleux cauſe que l'on t'admire.
Ce Iuſte Parlement qui cognoiſt ta Prudence,
Heureuſement te loüe & faict eſtat de Toy:
En conſeruant le Droict, & protegeant la Loy,
Nous ſommes obligez à ta Iuriſprudence.
Exaltant de THEMIS, *la Puiſſance, & la Gloire,*
Vn chacun te cheriſt; & ſemble que les Cieux
Illuſtrants ton Eſprit de leurs Dons precieux
Souhaitent de grauer ton Nom dans la Memoire.

A MONSIEVR MOISAN, SEIGNEVR DE BRIEVX, CONSEILLER DV ROY EN SA COVR DE PARLEMENT de Metz.

I *l faudroit pour chanter dignement ta Loüange,*
A *uoir les doux accents & la fecondité*
C *omme auoient autresfois ceux de l'Antiquité*
Q *ui tiroient apres eux l'Obiect le plus estrange.*
V *oyant tant de Vertus qui te suiuent sans cesse*
E *t dont le pur esclat lustre ce Parlement:*
S, *ans doute ie voudrois te loüer doctement,*
M *ais ma Muse me dit qu'elle à trop de foiblesse.*
O *r puis que ie ne peux t'exalter tout à faict,*
I *e diray seulement que ta sage Prudence*
S *e monstre euidemment, & de voix, & d'effect:*
A *ussi ce grand Senat estime ta Science*
N. *ompareille, & te tient pour Senateur parfaict.*

A MONSIEVR LE ROYER, CONSEILLER DV ROY EN SA COVR DE PARLEMENT DE METZ.

Dans ce ſacré Senat l'on cheriſt ta Science
Et l'eſclat gracieux de ton Integrité:
N'eſt-ce pas la raiſon puis que ta Probité
Inceſſamment maintient, le Droict, & l'Innocence?
Si toſt que tu cognois d'vn Plaideur la Malice,
L'Equité qui te ſuit te la faict repouſſer:
Et voyant l'Innocent que l'on veut oppreſſer,
Riche de Charité tù luy rends la Iuſtice.
O DIEV *quel ſiecle d'Or! l'Effort, n'y le Merite,*
Ycy n'ont point de lieu non plus que la Faueur:
Eſtant donc ſi Parfaict, ie dis que ta Candeur
Reſſemble à celle la, du ſainct Areopagite.

A MONSIEVR

SCARON,

SEIGNEVR DE LOGNE,

CONSEILLER DV ROY EN SA COVR DE PARLEMENT DE METZ.

Aussi tost que l'esclat de ta Perfection
Noblement rayonna dans ce Senat supreme:
Deslors on recogneut que Minerue qui t'aime
Receut vn grand plaisir en ta Reception.
Estant sur ce beau Throsne où brille l'Equité,
Sincerement tu fais paroistre ta Prudence:
Condamnant le Peruers, maintenant l'Innocence
A tous les gens de bien plaist fort ta Probité,
Richement decoré de Dons si precieux
On te void caresser des celestes Charites:
Nous debuons donc cherir & loüer tes Merites
Puis qu'ils ont eu leur source dans la voûte des Cieux.

A MONSIEVR DVRET

SEIGNEVR DE CHEVERY, CONSEILLER DV ROY EN SA COVR DE PARLEMENT DE METZ.

C *omme le clair Phebus par sa douce inflüence*
H *eureusement decore, Air, Terre, Mer, & Cieux:*
A *insi le bel esclat de ta Iurisprudence*
R *ichement fertilise & decore ces Lieux.*
L *'equitable Themis qui brille en ce Senat*
E *stime les effects de ton Esprit tres-sage;*
S, *a compagne Mineruе en faict bien de l'estat,*
D *e sorte qu'on te tient pour Phenix de nostre aage.*
V *nissant l'Equité auecques la Iustice,*
R *ébuttant le Peruers, protegeant l'Innocent,*
E *t maintenant l'Estat, les Loix, & la Police,*
T *u guirlande ton Chef d'vn Laurier verdissant.*

A MONSIEVR

SYMON, SEIGNEVR DE VILLIERS CONSEILLER DV ROY EN SA COVR DE PARLEMENT DE METZ.

Phebus, & les neuf Sœurs, au iour de ta Naissance
Influërent en Toy leur Dons tres-precieux:
En mesme temps Pallas d'vn soing judicieux
Richement te doüa de sa docte Prudence.
Receu dans ce Senat ou regne la Justice,
Excellemment tú fais paroistre ta Candeur;
Si bien que l'on te dit sincere Senateur,
Iuste Jurisconsulte, & ennemy du Vice.
Mirant donc tes Vertus qui rayonnent sans cesse,
Obligé, ie voudrois les loüer tout à faict:
N'ayant pas le sçauoir pour faire vn tel effect,
Je dis que tu n'as point ton pareil en Sagesse.

A MONSIEVR

LE TILLIER,

CONSEILLER DV ROY EN SA COVR DE PARLEMENT DE METZ.

Illustrant ce Senat que l'Vniuers estime,
Auec le pur esclat de tes Perfections;
Chacun va cherissant tes belles Actions
Qui entre les Parfaicts te font estre sublime.
Vray Senateur tu fais paroistre ta Science,
Et ta juste Equité condamne le Peruers:
Si bien que l'on entend mile Eloges diuers
Loüer incessamment ta candide Prudence.
En ce Throsne sacré ou loge la Justice,
THEMIS se sert tousiours de ton sage Conseil:
Il se void clairement que tu es nompareil
La Raison nous l'apprend en ton juste Excercice.
Lors que quelque Orphelin, la Vefue, ou l'Innocence,
Implorent ta Vertu pour soustenir leurs Droicts:
Espris de Charité en releuant les Loix
Réellement tu rends vne juste Sentence.

A MONSIEVR

DE SAINT MICHEL,

BARON DV MESNIL-BVË,

CONSEILLER DV ROY EN SA COVR DE PARLEMENT DE METZ.

Ie voudrois pour chanter ta Vertù manifeste
Estre vn autre Phebus; ie dirois à souhait.
A toutes nations que ton Esprit parfait
N'a point de Parangon, & qu'il est tout celeste.
He! bien i'ay le desir? mais n'ayant la Puissance
En faut-il rester la? non certes, ains ie veux
Librement en t'offrant le plus pur de mes Vœux
Loüer le bel esclat qui sort de ta Prudence.
Or sachant que tù es de ce Throsne sublime
Vn solide Arc-boutant, & que dans ce Senat
Iustement tù maintiens, & les Loix, & l'Estat,
N'est-ce pas la Raison que l'Vniuers t'estime?

A MONSIEVR CATIN, SEIGNEVR DE VERNAVLT, CONSEILLER DV ROY EN SA COVR DE PARLEMENT DE METZ.

I *e voy que ta Prudence, & ta juste Equité,*
E *stançonnent les Loix dans ce Senat sublime:*
A *ussi ces Senateurs t'ont en tres-bonne estime,*
N, *os Messins font estat de ton Integrité.*
C *onduit par les Vertus au Throsne de Justice*
A *chacun tú fais droict; & condamnant le Vice*
T HEMIS *t'en sçait bon-gré, & loüe ta Candeur:*
I *l fault donc te voyant auec tant de Sagesse*
N. *oblement proteger l'Innocent qu'on oppresse,*
Chanter par l'Uniuers, ta Gloire., & ton Honneur.

A MESSIRE LEONOR DE REMEFORT, SEIGNEVR DE LA GRELIERE, CONSEILLER DV ROY EN SES CONSEILS d'Estat, & Priué, son Aduocat General en son grand Conseil, & son Premier Aduocat General en sa Cour de Parlement de Metz.

Les Celestes Vertus qu'on void en Toy reluire
Et qui vont Jllustrant cest Auguste Senat,
Offusquent les Humains de leur diuin Esclat,
Nous en sentons l'effect qui faict que l'on t'admire.
Or entre tant de Dons qui te font admirable,
R, ichement apparoist ton sublime Sçauoir:
De Mercure, & Pallas, tu passe le Pouuoir,
Et ta Candeur combat pour THEMIS *l'équitable.*
Receuant les Placets, dictez pour l'Jnnocence,
Et repoussant l'Effort du Plaideur vicieux;
Magnanime pour l'vn, & pour l'autre Pieux,
En ces diuers Effects tu monstre ta Prudence.
Fauorisant ainsi le Droict qui t'est notoire,
On parlera de Toy à la Posterité:
Rien n'y peut s'opposer; Car ta Sincerité
T. e graue en Lettres d'or au Temple de Memoire.

†

A MESSIRE

CLAVDE DE PARIS,

CONSEILLER DV ROY EN SES CONSEILS D'ESTAT, ET PRIVÉ,
Maistre des Requestes Ordinaire de son Hostel,
Intendant de la Iustice, Police, & Finances,
en l'Armée & Prouince de Picardie, &
Procureur General de sa Majesté
en sa Cour de Parlement
de Metz.

Comme on void Apollon d'vn esclat radieux
Lustrer les purs Saphirs de la voute Etherée;
Ainsi ton bel Esprit qui est chery des Dieux
Va decorant le Ciel de THEMIS *reuerée.*
De sorte que LOVIS, *Monarque des Gaulois,*
Estimant tes Vertus qui n'ont point de Pareilles;
Dignement t'a choisy pour proteger les Loix,
Estant bien asseuré que tù feras Merueilles.
Parmy tant de beaux Dons *qui te rendent Parfaict,*
Aux Gens de bien plaist fort ton Equité tres-Juste,
Rien ne peult faire obstacle à son candide Effect:
Il faut donc t'admirer en ce Senat Auguste,
Si le Ciel le prescrit, faut-il pas qu'il soit faict?

A MESSIRE

NICOLAS FARDOIL,

CONSEILLER DV ROY EN SES CONSEILS,

ET SON ADVOCAT GENERAL EN SA Cour de Parlement de Metz.

Nostre grand Roy LOVIS, *Amateur de Iustice,*
Iustement establit à Metz vn Parlement:
Cognoissant ton Sçauoir, & ton beau Iugement
Ordonnà qu'employé tu feusse à son Seruice.
L'équitable THEMIS *qui condamne le Vice,*
Aborda ce Monarque & luy dist doucement,
SIRE, *ie veux* FARDOIL *pour mon cher Truchement,*
Faictes que mon Desir, vous plaise, & s'accomplisse.
Aussi tost qu'il fut dict il fut mis en Effect,
Rien ne peut retarder ce souuerain Decret,
De sorte qu'on te void dans ce Senat sublime:
On t'y void, mais comment? auec vn tel esclat
(Ie le dis, il est vray,) que ce sacré Senat
Lustré de tes Vertus, te cherist, & t'estime.

www.ingramcontent.com/pod-product-compliance
Ingram Content Group UK Ltd.
Pitfield, Milton Keynes, MK11 3LW, UK
UKHW020323250726
13967UKWH00004B/1830

9 782013 557948